아름다운 만남의 여정

산티아고

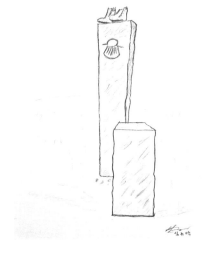

아름다운 만남의 여정 산티아고

발행일	2023년 8월 25일

지은이	심규박		
펴낸이	손형국		
펴낸곳	(주)북랩		
편집인	선일영	편집	윤용민, 배진용, 김부경, 김다빈
디자인	이현수, 김민하, 김영주, 안유경	제작	박기성, 구성우, 변성주, 배상진
마케팅	김회란, 박진관		
출판등록	2004. 12. 1(제2012-000051호)		
주소	서울특별시 금천구 가산디지털 1로 168, 우림라이온스밸리 B동 B113~114호, C동 B101호		
홈페이지	www.book.co.kr		
전화번호	(02)2026-5777	팩스	(02)3159-9637

ISBN	979-11-93304-02-0 03810 (종이책)	979-11-93304-03-7 05810 (전자책)

(주)북랩 성공출판의 파트너

북랩 홈페이지와 패밀리 사이트에서 다양한 출판 솔루션을 만나 보세요!

홈페이지 book.co.kr • **블로그** blog.naver.com/essaybook • **출판문의** book@book.co.kr

작가 연락처 문의 ▸ ask.book.co.kr

작가 연락처는 개인정보이므로 북랩에서 알려드릴 수 없습니다.

심 교수의 까미노 이야기

아름다운 만남의 여정
산티아고

글 사진 **심규박**
사진 **심규훈**

서로 다른 사람들과 함께 걸으며 삶의 의미를 깨닫고
진정한 인생의 보물을 찾아라!

 북랩

Contents
S P A I N

제3장 아름다운 만남의 여정 ✳ 221

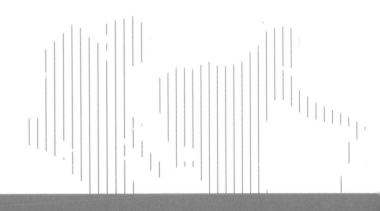

제1장
떠나는 마음

"너는 왜 산티아고 순례길을 걷는가?"

이 길을 걸으면서 만났던 많은 사람에게서 받았던 질문이다. 나는 순례길 위에 있으면서도 이 물음에 답을 하지 못했다. 마음속에 생각은 있었으나, 다른 이들에게 말하기에는 부끄러운 마음도 있었다. 내가 그들에게 물었다. "너는 왜 산티아고 순례길을 걷는가?"

순례길에서 많은 사람을 만났고, 그들과 많은 이야기들을 나눌 수 있었다. 나도 역시 이름도 모르는 그들을 보며 "왜 이 멀고도 험한 순례길을 걸으려 했을까?"하고 마음속으로 묻고 또 물었다. 알베르게에서 저녁 식사를 하고 와인을 한잔할 때면 서로를 보며 하는 질문이기도 했다. 대답은 늘 상투적이다. 그러나, 순례길을 여러 번 많이 걸었던 사람일수록 대답은 간결했고 울림이 있었다.

산티아고로 가는 길은 스페인으로 선교하러 갔던 그리스도의 제자 성 야고보(St. James)의 유해가 산티아고 데 콤포스텔라에서 발견된 것을 계기로 많은 순례자들이 찾는 순례길이 되었다. 이 순례길은 예루살렘으로 가는 길과 함께 기독교인들이 가장 성스럽게 여기는 까미노(camino)이다. 중세기 이후 예루살렘으로 가는 길은 이슬람의 점령으로 순례가 힘들어지자 대부분의 순례자들이 산티아고로 향했다고 한다.

나는 2023년 4월 9일부터 2023년 5월 10일까지 32일 동안 산티아고 순례길 위에 있었다. 이 길을 한번 걸어 보리라는 생각은 오래전부터 해 오고 있었으나, 열망에 비해 실행에 옮기려는 마음이 적었다. 또한, 매일 수십 ㎞를 걸을 만큼 체력이 좋은 사람도 아니었다. 그런데 마침 재직 중인 직장에서 6개월 동안의 퇴임 전 마지막 안식년을 얻었기에 더 늦기 전에 한번 도전해 보자는 마음으로 길을 나섰다.

순례길에서 만난 사람들은 종교적 신념으로 온 사람들을 비롯하여 삶의 변곡점을 맞은 이들과 삶의 의미를 찾는 이들이 대부분이었다. 개인적인 슬픔을 이겨내고자 하는 사람들도 있었으며, 가족끼리 여행으로 온 이들도 있었다. 그들과의 대화는 처한 상황이나 이 길을 걷는 목적에 따라 슬프기도 하고 때로는 즐겁기도 했다.

나는 천주교 신자도 아니고 삶의 변곡점이나 개인적인 슬픔이 있는 것도 아니어서 "너는 왜 산티아고 순례길을 걷는가?"라는 물음에 제대로 답을 할 수 없었는지도 모르겠다. 나는 그저 걸으며 생각하는 것을 좋아해서 순례길에 나섰고, 많은 사람들을 만나 기쁨과 슬픔을 나누며 걷다보니 그들의 생각에 공감되기도 하고 그들의 인생을 이해하기도 했다.

이 길에서 만났던 사람들 가운데는 여러 번에 걸쳐 7,000㎞를 걸었던 사람도 있었고, 예루살렘에서 시작해서 산티아고 대성당까지 5,000㎞를 한 번에 걸었던 이도 있었다. 길 위의 수도자 같았던 사람도, 지구의 반대편에서 온 사람도 있었다.

이번에 걸은 길은 산티아고 순례길 가운데 대부분의 순례자가 선택하는 길인 '프랑스 길(Camino Frances)'이다. 프랑스 길은 피레네(Pyrenees) 산맥 아래에 있는 프랑스의 작은 국경도시인 생장 피에드 포트(Saint-Jean-Pied-de-Port)에서 스페인 가톨릭의 수호성인인 성 야고보의 무덤이 있는 갈리시아(Galicia) 지방의 산티아고 데 콤포스텔라(Santiago de Compostela) 대성당에 이르는 약 800㎞의 길(공식적으로는 779㎞)이다. 이 길은 팜플로나(Pamplona), 로그로뇨(Logroño), 부르고스(Burgos) 및 레온(Leon) 등 몇 개의 도시를 제외하면 사람들이 많이 살지 않는 스페인 북부지방의 조그만 시골 마을들을 지난다.

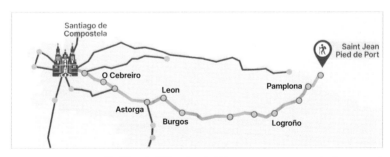

산티아고 순례길 (프랑스 길, 출처: https://www.pilgrim.es/en/french-way/)

프랑스 길은 브라질의 소설가 파울로 코엘료(Paulo Coelho)가 이 길을 걸은 후 그 경험을 바탕으로 1987년 출간했던 장편소설『연금술사』의 지식적 배경이 되어 더 유명해진 길이다.

소설『연금술사』를 보면 양치기 소년 산티아고가 행복이라는 진정한 보물을 찾게 되기까지 많은 천사와 같은 사람들의 도움을 받는다. 그 천사들은 집시여인, 신비한 연금술사, 철학자 영국인, 그리고 평범한 동네 사람들과 같은 모습으로 산티아고의 곁에 있었다.

내가 걸었던 산티아고 순례길 곳곳에도 양치기 소년 산티아고가 만났던 천사들이 숨어있었다. 천사들은 사람의 모습으로 불현듯 나타나기도 하고, 보이지 않는 사랑으로 다가오기도 했다. 시간이 지난 후 되돌아보면 그이가 천사였구나 하는 생각도 들었다. 천사와 같은 사람들과 함께 했던 길이 까미노였다.

이번 순례길은 내 친구 심규훈(이후에는 '심 회장'으로 씀)과 동행하였다. 그는 자수성가한 훌륭한 기업인으로 평소 내가 좋아하는 천사와 같은 친구이다. 중국과의 관계가 열악할 때부터 우리나라의 역사 문화를 동포 2, 3세들에게 제대로 알리기 위하여 장춘의 한국인 학교에 도서를 기증해 왔고, 국내외 여러 기관에도 학생들을 위해 약 10,000여 권의 도서를 기증하였다. 또한 재단법인 '우현장학재단'을 설립하여, 공부하고자 하는 마음은 있으나 여건이 열악한 학생들에게 매년 수천만 원의 사재를 장학기금으로 기부하고 있는 멋진 친구이다. 그동안 눈코 뜰 새 없이 일을 하였으나, 올해 창업 30주년을 계기로 스스로 안식년을 선언하고 나와 동행에 나섰다. 나도 혼자 가는 것보다는 훨씬 든든해 순례길 완주라는 목표 아래 손을 잡았다.

　　이번 순례길에서 만났던 많은 순례자들과 나누었던 소중한 이야기들, 그들과 함께했던 소소한 일들, 그리고 순례길의 평범한 일상을 이 책에 기록했다. 우리를 반겨준 마을 사람들, 또 그들이 사는 동네의 이야기를 순례자의 눈으로 소개하면서, "너는 왜 산티아고 순례길을 걷는가?"라는 물음에 대한 답을 스스로 찾아보았다.

제2장
산티아고 순례길 일기

프랑스 생장 피에드 포트(Saint-Jean-Pied-de-Port, 이후에는 '생장'으로 표기함)에서 시작하여 스페인 산티아고 데 콤포스텔라(Santiago de Compostela)에 이르는 약 800㎞의 트레킹 길을 2023년 4월 9일부터 5월 10일까지 32일 일정으로 걸을 예정이다.

4월 8일
생장 피에드 포트(Saint-Jean-Pied-de-Port) 도착

　　인천공항으로 가는 길은 4월 7일 새벽 1시 10분, 울산에서 출발하는 리무진 버스를 이용했다. 오전 9시 5분 파리(Paris)행 Air France를 타고 약 14시간 만인, 프랑스시간 오후 4시쯤 샤를 드골 공항에 도착했다. 러시아와 우크라이나 전쟁으로 인해 러시아 영토를 절묘하게 비켜온 항로 때문에 평소에 비해 2시간 정도 더 걸린 것 같았다.

　　4월 8일 아침, 드골공항에서 국내선을 이용해 비아리츠(Biarritz)로 와서 다시 버스 편으로 바욘(Bayonne)역까지 왔다. 바욘역에서 열차를 타고 트레킹 출발지인 생장까지 가야 하는데, 프랑스 연금 개혁에 반대하는 공공부문 파업으로 어제까지도 바욘역 역무원들이 파업에 동참하여 열차를 운행하지 않는다는 뉴스가 있었다. 프랑스 철도청 앱인 SNCF를 이용하여 오후 2시 19분 승차권을 티켓팅한 후, 걱정하는 마음으로 바욘역으로 갔는데, 오늘은 정상적으로 운행한다고 한다.

프랑스 바욘(Bayonne)
아두르강과 니브강이 만나는 지점에 있는 관광도시이다.

생장역 광장에 있는 순례자를 상징하는 조형물
순례자 사무실에서 순례자 여권인 크리덴셜(credential)을 발급하는 자원봉사자

아름다운 만남의 여정 산티아고

드디어 오후 3시 반쯤 생장에 도착했다. 생장은 스페인과 피레네 산맥을 사이에 두고 국경을 맞대는 도시라 작은 시골 마을이 성(城) 으로 둘러싸여 있었다. 제일 먼저 순례자 사무실(Pilgrim's Reception Office)로 가서 일종의 순례자 여권인 크리덴셜(credential)과 가리비 모양의 조개껍데기를 받았다. 순례자 여권은 순례길에서 순례자 신분임을 증명하는 중요한 증명서로서, 순례길에서 방문하는 성당, 식당, 알베르게 등에서 이곳을 방문했음을 증명하는 인증 도장인 세요 (sello)를 받을 수 있다. 순례자 사무실에서 받은 크리덴셜에는 72개 의 세요를 받을 수 있는데, 대부분의 순례자들이 첫 번째 세요는 생장의 순례자 사무실에서, 마지막 세요는 최종 목적지인 산티아고 대성당에서 받는다.

가리비 모양의 조개껍데기
산과 계곡, 그리고 모든 길이 산티아고로 통한다는 것을 의미한다.

자원봉사자 여성은 피레네산맥을 넘는 첫날 코스인 나폴레옹의 길 24.5㎞에 대한 설명을 하였고, 첫 번째 세요를 찍어주었다. 가리비 모양 조개껍데기의 의미는 생긴 모양에 따라 울퉁불퉁한 면은 산티아고 가는 길의 산과 계곡을 의미하고, 껍데기 윗부분으로 모든 가리비의 선이 모인 것은 어느 곳에서 출발하더라도 결국 산티아고 데 콤포스텔라 대성당에서 만난다는 의미이다. 순례자들은 이 가리비 모양의 조개껍데기를 배낭에 달고 한 걸음 한 걸음 걸어서 산티아고로 향한다.

숙소인 Plan B 호텔에 짐을 풀고 마을에 내려와 동네 구경을 하였다. 생장은 스페인과 국경을 맞대고 있는 피레네산맥 아래의 프랑스 쪽 도시이다. 나바라왕국일 때는 스페인과 역사를 같이 하였으나, 역사의 부침에 따라 지금은 프랑스 영토가 되어 도시가 성곽으로 둘러싸여 있었다.

저녁 식사는 비아리츠 공항에서 만난 한국인 신 여사와 함께하였는데, 신 여사는 3년 전 남편을 암으로 먼저 보낸 후 평생 직업인 약사를 그만두고 걷기에 나섰다고 한다. 남편이 살아있을 때는 작은 일로도 자주 다투기도 했다는데, 먼저 보내고 나니 매일매일 그립다고 한다. 부부가 살아있을 때 서로 많이 사랑하라는 말을 하였는데, 마음 깊이 간직해 오던 말 같았다. 우리보다 하루 늦게 4월 10일 출발한다고 하여 서로 무사히 완주하기를 기원하며 헤어졌다.

숙소로 오는 길에 동행한 심 회장과 맥주잔을 기울이며 앞으로 펼쳐질 32일의 장정에 대해 건강하게 완주할 것을 다짐하였다. 내일 새벽 순례길이 시작되는 지점을 미리 가본 후 성루에 올라 일몰을 보았다.

성곽으로 둘러싸인 프랑스 국경도시 생장.
산티아고 순례길의 시작은 생장의 성문을 나서며 시작된다.

나폴레옹 길의 시작을 알리는 표지판

1일 차 (4월 9일)

: 생장 피에드 포트에서 피레네산맥을 넘어 론세스바예스
(Roncesvalles)까지 - 나폴레옹의 길을 따라

　　새벽 6시쯤 출발 준비를 하고 있는데, 호텔 옆방에 있는 젊은 서양 여성이 급히 찾아왔다. 설사와 복통이 있어 밤새 구토했다면서 혹시 상비약이 있는지 물었다. 나는 준비해온 소화제 훼스탈과 설사약 정로환을 꺼내서 이것을 차례대로 먹으면 좋아질 수 있다고 말해주었다. 그 여성은 약을 받아 뒷면을 보더니 훼스탈은 가지고 정로환은 돌려주었다. 아마도 정로환이 가지는 특별한 냄새 때문이라 생각했다. 나는 안타까웠지만 그 여성의 선택을 존중하기로 했다.

성문을 나서며 800㎞의 첫걸음을 호기롭게 시작하였다.

부랴부랴 호텔에서 준비한 아침을 먹고 6시 반쯤 호텔을 나와 드디어 장장 800㎞에 이르는 대장정을 시작하였다. 첫날 코스인 론세스바에스까지 가는 길은 두 가지가 있는데 '나폴레옹(Napoleon)의 길'과 '발카르로스(Valcarlos) 길'이다. 나폴레옹의 길은 프랑스 황제 나폴레옹이 스페인을 포함한 이베리아반도를 정복하기 위해 피레네 산맥을 넘었다는 역사적 의미를 가진 길이다. 산티아고 순례길을 걷는 대부분의 순례자들은 나폴레옹의 길을 따라 피레네산맥을 넘기를 바라는데, 이 길은 발카르로스 길에 비해 험한 길이라 눈비가 오는 등 기상 여건에 따라 폐쇄되기도 한다. 만약 길이 폐쇄가 되면 발카르로스 길을 따라 론세스바에스까지 걸어야 한다. 산기슭을 따라 걷는 이 길도 쉬운 길은 아니라고 한다.

피레네산맥의 일출은 만년설에 덮인 산 전체를 아우르는 여명으로 인해 장엄하고 경외로웠다.

새벽 공기가 차가웠지만 일찍 깨어나 지저귀는 새소리를 들으며 가벼운 발걸음을 하나하나 옮겼다. 출발 30분쯤 지나니 여명이 걷히고 일출이 시작되었다. 우리나라는 물론 해외의 일출 명소라는 곳에서도 해가 뜨는 장면은 많이 보았으나 만년설에 덮인 피레네산맥의 일출은 장중하고도 품위가 있어 경외로웠다. 성문을 나선 지 2시간 반쯤 걸어서 첫 번째 고비라는 오리손(Orisson) 산장까지 약 8㎞를 힘들게 올라왔다. 오전 일찍 생장에 도착한 순례자들은 오리손 산장까지 올라와 첫날을 보내는 사람들도 많다고 한다. 오리손 산장 알베르게는 항상 붐비는데, 이곳에서 묵을 계획이 있다면 일찍 예약해야만 한다. 산장 테라스에 앉아 멀리 만년설을 바라보며 작은 성취감에 맥주 한 잔을 비우고 다시 길을 나섰다. 여기까지 올라온 것이 오늘 일정에서 절반의 성공쯤으로 생각했는데 나중에 알고 보니 아직 나폴레옹의 길 트레킹은 시작도 안 한 정도였다.

오리손 산장과 테라스

　　　　　　　　　　　　　　　　　아름다운 만남의 여정 산티아고

미국인 데니스는 오리손 산장에서 만나 피레네산맥을 함께 넘었다. 그는 스페인의 문화에 대한 호기심으로 까딸루니아와 안달루시아 지방을 두루 여행했단다. 롱아일랜드에 거주하면서 맨해튼으로 출퇴근하는 전문직 종사자인데, 2017년에 이 길을 완주했던 기억이 너무 좋았다고 한다. 2019년부터 시작된 팬데믹은 그에게도 견디기 힘든 일이었다.

나폴레옹의 길 오리손 산장에서 만난 미국인 데니스

이번 순례길이 일상을 되찾는 계기가 되었으면 좋겠다는 바람도 있었다. 통계학은 어렵지만 훌륭한 학문이며 본인이 하는 일에도 통계적 방법을 많이 사용한다고 했다. 우리 큰딸 수인이가 프린스턴(Princeton)대학교를 졸업했다는 것에 대해서도 미국 최고의 대학교를 졸업했다는 덕담도 아끼지 않았다. 이번에는 팜플로나에서 며칠 지내면서 빌바오(Bilbao)를 다녀오는 등 스페인 북부지방을 여행하면서 레온(Leon)까지만 천천히 걸어갈 것이라 했다. 산티아고 순례길을 사랑하는 미국인 데니스에게도 좋은 일만 일어나기를 기원했다.

오리손 언덕 위의 비아꼬레 성모자상

데니스와 헤어져 완만한 아스팔트로 된 오르막길을 한참 오르다 보니 높다란 돌무더기 언덕 위에 비아꼬레 성모자상이 보였다. 해발 1,060m의 오리손봉(Pico de Orisson)에서 멀리 순례길과 피레네산맥을 향해 미소를 지으며 서 있었다. 순례자들은 약속이나 한 듯 배낭을 내려놓고 봉우리에 올라가 성모자상 앞에서 경배했다. 앞으로 펼쳐질 수백 ㎞의 순례길에서의 안녕을 기원하는 듯 보였다. 봉우리 아래에 있던 사람들은 고단한 발을 위해 신발을 벗었다.

아름다운 만남의 여정 산티아고

이 땅의 주인이었던 피레네산맥의 당나귀들
옛날 주인의 짐을 싣고 험난한 순례길에 동행하였다.

생장에서 출발하여 오르막으로 이어진 산길을 20㎞ 넘게 올라 언덕길의 정상인 해발 1,450m의 레푀데르 언덕(Collado de Lepoeder)에 올랐다. 목적지인 론세스바에스는 이 언덕의 정상인 해발 1,450m 에서 약 5㎞ 정도를 걸어 내려와 해발 950m 지점에 위치한 곳이다. 이곳까지 가는 길은 빠르게 내려가는 급 경사길과 천천히 내려가는 완만한 경사길이 있다. 우리는 완만한 길을 택했다. 이때부터 내 종 아리와 다리 앞면 근육에 경련이 일어나는 기운을 느꼈다. 나는 높은 산을 넘어야 하는 부담감에 배낭을 동키 서비스로 보냈으나, 심회장은 생장에서부터 론세스바에스까지 10kg에 달하는 배낭을 메고 피레네산맥을 넘었다.

나폴레옹의 길 정상 부근에서 본 만년설

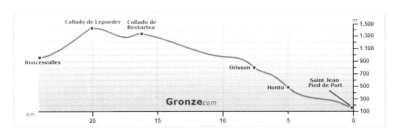

생장에서 론세스바예스까지 나폴레옹 길의 고도 (출처: gronze.com)

오늘 묵을 론세스바예스 필그림 호스텔은 이 지역의 산타마리아 성당이 운영하는 곳으로 성당의 일부분을 개조하여 순례자들이 머물도록 한 곳이다.

아름다운 만남의 여정 산티아고

론세스바예스의 필그림 호스텔. 180개의 침대가 있으나,
최근 순례자들의 숫자가 늘어나 예약하지 않으면 이용하기가 힘들다.

알베르게의 신발장 – 알베르게에 체크인을 한 후
트레킹화와 등산용 스틱은 한곳에 모아서 보관한다.

최근에는 순례자들이 머무는 공간을 개보수하여 침대를 180개로 늘렸다고 한다. 시설이 매우 좋고 깨끗했으며, 예약자들에 한해 인근 레스토랑에서 비교적 저렴한 가격에 순례자 조식과 석식을 제공하였다. 또한 주방에서는 자판기에서 구입한 재료를 이용하여 간단한 조리도 할 수 있었다.

순례자 조식과 석식을 제공하는 레스토랑

10시에 소등하니 곳곳에서 코를 고는 소리가 들려오기 시작했다. 힘든 여정을 마치고 오늘 밤 이곳에 머무는 모든 순례자들에게도 좋은 추억의 밤이 되길 바란다.

아름다운 만남의 여정 산티아고

2일 차(4월 10일)
: 론세스바예스에서 수비리(Zubiri)까지 - 길에서 만난 한국 사람들

산타마리아 성당에서 운영하는 필그림 호스텔은 규모도 클 뿐 아니라 시설도 매우 훌륭했다. 한 개의 유닛은 이층침대 두 개가 마주 보는 형태로 구성되었는데, 우리 맞은편에는 한국인 부부가 들어왔다. 우리를 보더니 젊은 사람이라 피레네산맥을 쉽게 넘었다고 남편이 말했는데, 나이를 따져보니 나보다 오히려 한 살 아래였다.

수비리로 넘어오는 길에서 본 양떼들
– 산티아고 순례길에서는 방목하는 여러 가축을 자주 볼 수 있다.

이번에 순례길을 트레킹하면서 한국인들이 예상보다 훨씬 많다는 것에 놀랐다. 부부가 같이 온 사람들도 몇몇 보였고, 가족끼리, 또는 옛 직장동료들과 함께 온 이들도 있었고, 혼자 온 사람도 어럿 있었다. 순례길에서 만난 한국인들이 가장 많이 이용하는 앱은 'Camino Pilgrim'인데, 이 앱에서는 생장에서 산티아고 데 콤포스텔라까지 31일에서 35일까지의 일정을 제시하고 있다. 원하는 날 수를 선택하면 앱은 하루 걸을 적당한 거리와 도착할 마을을 알려준다. 순례자들은 앱에서 제시하는 일정을 참고하여 스스로 건강 상태나 희망하는 마을을 선택하여 일정을 조절하면 된다. 따라서, 생장에서 같은 날 출발한 사람들은 선택한 날 수가 같으면 한 곳에 하루 더 머무르거나 알베르게를 잡지 못해 한두 마을을 더 가는 일이 없는 한, 끝나는 날까지 앞서거니 뒤서거니 하면서 같이 걷게 된다. 잠시 헤어지더라도 순례길 어디서든 반드시 만날 수 있는데, 이것이 순례길 인연의 시작이다.

순례길은 들길과 산길을 많이 걷기 때문에
길 위에서 간단한 음식을 제공하는 푸드트럭이 곳곳에 있다.

순례길에서 만난 이들은 누구와 같이 왔든지 은퇴를 기념하여 온 경우가 제일 많은 것 같았다. 사람들은 사용하는 언어와 나이에 따라 자연스레 길동무가 되었다. 앞에서 말했던 맞은편의 부부는 남

아름다운 만남의 여정 산티아고

편이 30년 넘게 근무하던 어느 대학병원에서 지난해 퇴직하였고, 부인은 남편의 은퇴에 맞추어 교직에서 명예퇴직을 하여 기념 여행을 왔다고 한다. 딸이 지난해 로스쿨을 졸업하여 변호사가 되었는데, 그 딸이 보내줬다고 하는 말에 큰 자부심이 묻어 있었다.

대구에서 온 직장 동료들은 공립고등학교에서 4년을 같이 보낸 인연으로 함께 왔는데, 한 분은 70대 초반 김 선생님이고 다른 한 분은 60대 후반 방 선생님이다. 방 선생님이 선배 교사인 김 선생님을 모시고 온 것인데 그들의 동료애가 남달라 보였다. 아무래도 김 선생님의 체력이 걱정되다 보니 앞서가다가도 늘 기다렸다가 함께 오신다. 김 선생님은 약 20여 년 전에 믿고 아꼈던 제자에게 2,000만 원이 넘는 큰돈을 사기당하셨던 말씀을 했고, 넉넉하지 않은 살림에 몸과 마음의 고생이 컸다고 한다. 그래도 아꼈던 제자라서 경찰에 고발하지 못했다고 하는 말씀에 스승의 마음이 보였다. 방 선생님은 시집을 이미 여러 권 발간했고, 지금도 현역 시인으로 활발하게 활동 중이다. 이번 순례길에서도 좋은 기운을 받아 아름다운 시를 쓰고 싶다고 했다.

혼자 온 60대 중반 최 선생은 직장을 은퇴하고 10여 년간 귀촌하여 호두농사를 짓다가 다시 귀경했다고 한다. 귀촌 생활 중 가장 어려웠던 점은 현지 주민들과의 갈등이었다고 했다. 뉴스에서 보고 듣던 귀촌 생활의 어려움을 직접 들으니 씁쓸하기도 하였다. 부인이 초등학교 동기인데 남편의 모든 생활을 관리하는 경우의 부부라고 하며 그런 것들의 고단함도 함께 말했다.

한국에서 출발할 때 나와 내 친구 심 회장은 "아무래도 이 길에서 우리의 나이가 제일 많을 것이고, 젊은이들에게 민폐를 끼치는 일이 없어야 할 텐데…" 하고 걱정했었다. 그런데 막상 와보니 오히려 우리가 젊은 편에 속하게 되었다며 웃었다. 나이가 많이 들었어도 인생의 버킷리스트를 실현하기 위해 도전하는 그들의 모습이 아름다워 보였다.

수비리는 피레네산맥 아래의 작은 동네인데,
마을의 많은 집들이 에어비앤비나 알베르게로 운영되고 있었다.

대기업을 다니다 작년에 은퇴한 분은 부인과 함께 왔다. 남편은 안나푸르나를 비롯하여 세계 곳곳의 명품 트레킹 코스를 다녀왔다고 한다. 이번에는 늘 내조만 했던 부인에게 좋은 선물을 주고자 은퇴 기념으로 같이 왔는데, 부인에게는 힘든 여정이 될 것 같다고 걱정했다. 첫날 피레네산맥을 넘는 일정이 너무 힘들어서 부인에게 오히려 혼나지나 않았는지 사람들이 우려했다. 오늘 수비리에 도착해서 이들을 다시 만났다. 부부의 얼굴이 밝은 것을 보니 진짜로 좋은

아름다운 만남의 여정 산티아고

선물이 되었나 보다.

그 밖에도 올해 다니던 직장에서 퇴직하고 마음을 다잡으려고 왔다는 대전의 젊은 여성 스텔라, 대학 졸업 기념으로 부모님 모시고 왔다는 꽃분이 등등… 사연은 달라도 모두 어떤 일이 계기가 되어 산티아고까지의 기나긴 여정을 시작한 듯했다.

오늘은 에어비앤비에 숙소를 정했는데 주인인 티나(Tina)가 우리를 반갑게 맞아준다. 티나는 한국을 너무 좋아해서 내년에 동생과 함께 한국에 여행을 올 계획이란다. 심 회장이 마련한 기념품을 선물하면서, 한국에 오면 우리 집을 에어비앤비로 하겠다고 농담했다. 티나의 배려로 세탁기를 이용하여 빨래를 다 하니 속이 후련했다. 티나는 내가 영어로 메시지를 보내면 반드시 구글 번역기를 이용하여 서툰 한국어로 답을 보내온다. 정말 한국을 사랑하는 티나의 마음이 보인다. 앞으로도 매너 있는 한국인이 티나의 집을 이용함으로써 그녀의 한국 사랑이 계속되길 바랐다.

오후 4시쯤 외국인 여성 두 명이 티나의 집을 찾아왔다. 우리 옆방에 온 손님이다. 영국에서 왔다는데 모녀지간이냐고 물었더니 그렇다고 한다. 딸이 엄마를 쏙 빼닮아 예쁘다고 덕담했더니 서로 부둥켜안고 행복해했다. 딸이 하는 일이 너무 바빠 엄마와 함께할 시간이 적었기에 엄마와 같이하는 이번 순례길이 너무 행복하고 좋다고 했다. 내일 팜플로나에서 여정을 마치고 영국으로 돌아간다는 모녀에게도 부둥켜안았을 때의 얼굴처럼 늘 행복하기를 기원해보았다.

3일 차(4월 11일)
: 수비리에서 팜플로나(Pomplona)까지 - 시절인연

아침을 삶은 달걀과 사과로 해결하고 7시쯤 티나와 헤어졌다. 오늘은 비교적 쉬운 길이라 편히 마음을 먹고 나왔다.

순례길 곳곳에는 이 길이 순례길임을 알리는 가리비 문양이 다양한 형태로 표시되어 있다.

작은 동네를 가로지르는 다리를 건너 오른쪽으로 돌아 걷는데, 몸집이 큰 서양 남자가 걸어가고 있었다. 간단한 아침 인사를 하고 나서 어느 나라에서 왔냐고 물으니 이탈리아 밀라노(Milano)에서 온 안드레아이고, 산티아고까지 걸을 계획이라고 한다. 본인은 한국 영화를 매우 좋아하는데, 특히 〈기생충(Parasite)〉과 〈미나리(Minari)〉

아름다운 만남의 여정 산티아고

를 재미있게 봤다고 했다. 내가 우쭐해져서 K-pop에 대해 물으니, 유럽인들에게 K-pop은 '강남스타일' 이전과 이후가 다르다고 다소 전문가다운 이야기를 했다.

나도 2016년 이탈리아를 여행할 때 밀라노 산타마리아 델레 그라치에 성당(Chiesa di Santa Maria delle Grazie)에서 본 레오나르도 다 빈치의 '최후의 만찬'을 보고 많은 감동을 받았다고 이야기 했다. 아침 식사는 첫 번째 나오는 카페에서 해결할 예정이라고 한다. 첫 번째 식당이 나오면 같이 커피를 하자고 약속하고 헤어졌다. 우리나라의 문화를 대하는 외국인들의 인식이 많이 바뀌었음을 느낀다.

스페인 북부지방의 팜플로나는 역사적으로 바스크(Basque) 지역에 속하여
지금도 바스크인들의 문화적 특성이 많이 남아있다.

안드레아와 헤어져 걷다가 미국에서 왔다는 젊은 남녀를 만났다. 이들도 아침을 걸렀는지 5㎞ 후에 나오는 첫 번째 카페에 갈 예정이라고 했다. 그러나 허기진 많은 사람들의 기대와는 달리 첫 번째 마을의 어느 카페도 문을 열지 않았고, 팜플로나에 도착할 때까지 거의 20㎞ 거리에 문을 연 카페는 없었다. 물론 안드레아도, 미국 청년 커플들도 실망하며 그냥 지나갔을 것이다.

이어폰을 끼고 유튜브를 통해 가수 안성훈이 부른 '시절인연'이라는 노래를 따라 흥얼거리며 가사를 음미했다.

사람이 떠나간다고 / 그대여 울지 마세요
오고 감 때가 있으니 / 미련일랑 두지 마세요
좋았던 날 생각을 하고 / 고마운 맘 간직을 하며
아~ 살아가야지 / 바람처럼 물처럼
가는 인연 잡지를 말고 / 오는 인연 막지 마세요
때가 되면 찾아올 거야 / 새로운 시절인연

시절인연이란 불교 용어로서 "모든 사물의 현상은 시기가 되어야 일어난다."는 뜻이다. 부처님은 "모든 것은 인(因)과 연(緣)이 합하여 생겨나고, 인과 연이 흩어지면 사라진다."라고 법문하셨다. 안성훈 자신도 오늘날과 같은 좋은 시절을 만나기 위해 수많은 좌절과 실패를 겪었으며 포기하지 않는 노력과 성실함이 인연이 되어 오늘에 이르렀으니, 그 스스로 시절인연의 주인공이 된 셈이다.

젊었을 때는 몰랐는데, 나이를 먹을수록 사람들과의 관계는 '시절인연'이라는 말이 옳다는 생각이 든다. 나도 부모님에게서 생명을 받아 지금까지 살아오면서 많은 사람과 다양한 형태의 인연을 맺으며 살고 있다. 생각해 보니 어떤 인연은 오늘까지 수십 년 동안 좋게 지내는 인연이 있고, 어떤 인연은 기억 속으로 사라져 생각이 나지 않는 것도 있다. 노랫말처럼 인연이 오고 감도 때가 있는 것 같다. 하늘나라로 떠나신 부모님과의 이별도 슬픈 일이지만, 형제처럼 지내다 2015년 홀연히 떠나간 내 친구 양 원장과의 이별은 가슴 한 조각이 떨어져 나간 아픔이었다. 평생 아픈 사람들을 치료하며 선하게 살다가 갔으니, 하늘나라에서도 좋은 사람들을 만나 좋은 인연을 맺고 살아가고 있으리라 생각해 본다. 이런저런 인연들을 생각하며 몇 번 돌려가며 들었더니 보고 싶은 사람들 생각에 코끝이 찡해졌다.

이어서 나오는 노래는 역시 안성훈이 부른 '돌릴 수 없는 세월'이라는 노래였다. 노랫말과 순례길의 분위기가 잘 어울리는 아름다운 노래라는 생각이 들었다. 검색해 보니 이 노래는 원래 조항조 가수가 불렀던 곡인데, 최근 경연에서 안성훈이 불러 사람들이 더 사랑하게 되었다고 한다.

'시절인연'도 이찬원 가수가 원곡자라고 한다. 그리고 보니 사람들 뿐 아니라 노래와 가수 사이에도 시절인연이 있는 듯하다. 이 노래들이 순례길을 상징하는 노래는 당연히 아니지만, 과거 수많은 세월 동안 변변치 않은 장비를 들고서 힘든 몸을 이끌고 이 험한 길을 걸었을 옛날의 순례자들도 이와 비슷한 가락으로 된 노래를 불렀을 것이다. 사랑하는 사람들을 그리워했을 것이고, 한편으로는 덧없는 세월을 노래했을 것이라 생각해 보았다.

순례길에는 옛날 이 길을 힘들게 걸었던 사람들을 기리는 그림들이 곳곳에 있다.

손태진이 부른 '백만 송이 장미'라는 노래가 따라 나왔다. 그는 아름다운 목소리를 가진 베이스를 음역으로 하는 클래식 가수이다. 한 편의 시(詩)라고 해도 손색이 없는 아름다운 가사의 해석을 클래식 가수답게 잘해서 여러 번 듣고 또 들었다. 과거 고우림도 TV 드라마 '나의 아저씨'의 주제곡으로 이 노래를 불렀는데, 훗날 그는 김연아와의 결혼으로 더 유명해졌다.

아름다운 만남의 여정 산티아고

팜플로나는 매년 7월에 열리는 산 페르민(St. Fermin) 축제의
'황소와 함께 달리기' 행사로 유명한 도시이다.

먼 옛날 어느 별에서/ 내가 세상에 나올 때/ 사랑을 주고 오라
는/ 작은 음성 하나 들었지….

팜플로나城 - 팜플로나는 스페인 북부 나바라(Nabarra) 지역에서 제일 큰 도시이다.

사람은 누구나 사랑하는 사람에게 사랑을 주기 위해 본인이 살던 별에서 이 세상으로 왔을 것이다. 사랑을 주고받는 의미와 방법이 사람들마다 차이가 있어 모두 행복하게 살다가 하늘나라로 돌아가는 것 같지는 않다. 사람들마다 다른 의미와 방법을 표현하기 위해 예술이 있고 철학이 있는 것일까? 나는 손태진 노래도 좋지만, 드라마 속에 표현된 이루어질 수 없는 사랑의 주제가를 부른 고우림의 묵직한 목소리에 더 마음이 갔다. 이런저런 노래를 듣고, 가사를 몇 번 돌려가며 듣고 또 음미하는 것을 반복하니 22.4㎞ 떨어진 스페인 북부지방의 고대도시 팜플로나로 오는 발걸음이 더 가벼웠다. 오늘은 비교적 난도가 낮고 짧은 거리를 걷는 코스라 좀 일찍 도착했다. 유서 깊은 팜플로나 대성당 광장으로 가는 길은 순례길 위의 대도시답게 사람들로 가득하다.

팜플로나 중심부 까스티요 광장

　　　　　　　　　　　　아름다운 만남의 여정 산티아고

팜플로나는 옛날 나바라 왕국의 수도였다는 역사적 의미 이외에도 어니스트 헤밍웨이가 오랫동안 머물며 '누구를 위하여 종은 울리나' 등 많은 명작을 남겼던 도시이다. 까스티요 광장 곳곳에는 그의 흔적들이 남아있다고 한다. 이루나 카페라는 곳에 자주 들렀다는데, 팜플로나를 떠난 후에 알게 되어 아쉬웠다.

4일 차 (4월 12일)

: 팜플로나에서 푸엔테 데 라 레이나(Puente de la Reina)까지

- 순례길의 의미

팜플로나는 스페인 북부지방의 유서 깊은 고대도시로서 제법 규모가 크다. 바쁘게 출근하는 사람들과 청소하는 사람들의 분주함 등 어느 도시와 다름없는 모습이었다. 도심 한가운데 있는 이름 모를 성당 부근에 모인 젊은이들은 밤새 가졌던 행사의 뒤풀이라도 하는지 이 시간까지도 분주했다. 사람들이 사는 모양은 어디나 같다는 생각을 하며 발길을 재촉했다.

팜플로나 성(城)의 일출

아름다운 만남의 여정 산티아고

한 시간쯤 걸어 도심을 빠져나오자 한적한 시골길이 보였고, 중년 여성이 혼자서 가벼운 차림으로 앞서 걸어가고 있었다. 서로 인사를 하니 바르셀로나(Barcelona)에서 온 야나라고 했다. 그녀와 반갑게 인사를 나누며, 2012년에 스페인의 까딸루니아와 안달루시아 지방을 여행했던 이야기를 했다. 그녀는 직장에 다니면서 틈이 나면 휴가를 내어 순례길을 나누어 다닌다고 했다. 나와 함께 걷는 길이 즐거운지 주변의 소소한 이야기를 많이 하였다. 이번에는 팜플로나에서 로그로뇨(Logroño)까지 5일 정도 계획으로 걷는다고 하며, 순례길은 스페인 사람들에게 안식처와 같다고 했다. 오늘은 어디까지 가느냐고 나에게 물었는데, 목적지인 '푸엔테 데 라 레이나'라는 이름이 생각이 나지 않아 더듬거렸더니 웃으면서 "어딘지 모르지만 가는 길이 틀리지 않다면 그냥 천천히 걸어가는 것이 까미노."라고 말하고는 "올바로 가다 보면 네가 가고자 했던 곳이 나올 거야."라고 말했다.

스페인 여성 야나와 친구 심규훈
– 야나는 "올바로 가다보면 네가 가고자 했던 곳이 나올 거야"라고 했다.

무심코 한 야나의 말을 들으며, 우리가 사는 인생의 길도 까미노와 다르지 않다고 생각했다. 어떤 목표를 정해놓고 그것에 매달리기보다는 올바른 방향으로 천천히 가다 보면 그 목표에 도달할 것이라는 의미가 아니겠는가? 야나가 그런 의도로 말을 했는지는 잘 모르겠으나, 나에게는 그렇게 들렸다. 그녀가 다녔던 직장주변에 중국인들이 많아 동양인을 보면 중국인이 먼저 떠오른다고 했다. 축구 이야기와 까딸루니아 지방의 문화가 스페인의 다른 지역과 어떻게 다른지에 대해 이야기하다가 헤어졌다.

순례길의 안녕을 기원하는 마음으로 순례자들이 매달아 놓은 장식물

아름다운 만남의 여정 산티아고

야나와 헤어져 걸음을 재촉하는데, 눈에 익은 무리들이 보였다. 타이완에서 온 11명의 그룹인데 어제부터 앞서거니 뒤서거니 하며 걷고 있었다. 무리 가운데 한 명이 블루투스 스피커를 켜고 무협영화에나 나올 법한 중국노래를 들으며 걸어가고 있었다. 조용한 순례길이 중국노래로 가득하게 되었고, 조용히 걸어가던 주위의 많은 사람들이 그들에게 눈치를 주었다. 그러나, 그들은 주위의 안타까운 시선을 무시하고 자기들끼리 큰 소리로 뭔가 이야기하였다.

순례길은 서로를 배려하며 조용하게 걷는 길이다.

2000년 미국 미네소타주립대학교(University of Minnesota)에 1년 동안 방문교수로 갔을 때의 일이 생각났다. 미네소타주립대는 미시시피(Mississippi)강을 사이에 두고 세인트폴(St. Paul) 캠퍼스와 미니애폴리스(Minneapolis) 캠퍼스로 나뉘어 있다. 학생들은 대부분 세인트

폴에 거주하면서 세인트폴 캠퍼스에서 출발하는 통학버스를 10분 정도 타고 미니애폴리스 캠퍼스로 넘어갔다. 두 캠퍼스를 오가는 통학버스 속은 조용히 책을 보거나 음악을 듣는 학생들이 대부분이었는데, 중국 유학생들 무리가 타면 떠드는 소음으로 버스 속이 아수라장이 되곤 했다. 통계학과 어느 대학원생은 중국 학생들이 타면 다음 버스를 타거나 아예 30분을 걸어 미시시피강을 건넌다고 했다.

조용한 순례길에 중국노래를 켜고 다니는 타이완 사람들을 보니, 통학버스 속을 혼란하게 만든 중국 유학생들이 생각 났다. 모든 사람이 다 그렇지는 않겠지만, 국적은 달라도 그들의 모습은 다르지 않다는 생각이 들었다. 길을 가다가 벤치에서 간식을 먹으며 쉬고 있는데, 야나가 터벅터벅 걸어오고 있었다. 나는 가지고 있던 에너지바 하나를 야나에게 주었다. 야나는 타이완 사람들을 가리키며 우리와 같은 그룹이냐고 물었다. 나는 저들이 타이완 사람이고 우리와는 관계없다고 했다. 그제서야 이상한 중국노래를 켜고 걷는 것에 대해 비난을 하면서, 순례길을 여러 번 다녔지만 저런 모습은 처음 본다고 했다.

팜플로나에서 푸엔테 데 라 레이나를 향해 걸어가면 사리키에기(Zariquiegui) 마을을 지나 오르막이 시작되어 높이 750m의 페르돈 언덕(용서의 언덕 : Alto del Perdon)이 나온다. 과거에는 이 자리에 작은 성당이 있었다는데 낡아서 철거하고 1996년에 순례자들의 모습을 철판으로 만들어 놓았다고 한다. 용서의 언덕에 있는 순례자들의 모습은 길을 인도하는 병사 뒤로 혼자 걷기도 하고, 말을 타고 가기도 하는데, 집에서 기르던 반려견도 함께하던 모습이 인상적이었다.

용서의 언덕을 넘어가던 순례자들

짐을 실은 당나귀를 앞세우고 뒤따르는 사람들의 엄숙한 모습에서 종교가 삶의 전부였던 그때, 이 언덕을 넘으며 마음속에 품었던 미움을 내려놓고 용서했던 순례자들의 모습을 상상해 보았다. 철판으로 만든 용서의 언덕 위 순례자들의 가슴에는 다음과 같은 아름다운 시 구절이 쓰여 있다.

Donde se cruza el Camino Del Viento Con el de las Estellas (바람의 길과 별의 길이 교차하는 곳)

바람의 길과 별의 길을 따라 용서의 언덕을 넘으니, 미움을 내려 놓았던 사람들의 마음처럼 유채꽃이 만발한 아름다운 언덕이 눈앞에 있다. 푸른 하늘과 그를 감싼 안개가 바람이 되어 노란 유채꽃을 피웠고 순례자들과 어울려 환상적이었다.

눈을 감으면 보일 듯한 아름다운 하늘과 유채꽃밭

이효석의 '메밀꽃 필 무렵'의 한 장면이 떠올랐다. 장돌뱅이 허 생원이 우연히 만난 젊은 장돌뱅이 동이와 밤길을 걸어 대화장터로 가는 장면. 달빛 아래 하얀 메밀꽃밭을 지날 때의 황홀하고 아름다운 풍경. 분명 바람의 길과 달빛의 길이 만났을 것이다.

순례길 트레킹을 준비하면서 여러 사람의 후기를 읽었다. 노란 유채꽃이 눈에 밟혀 다시 가고 싶다고 말하는 사람의 글이 많았다. 바로 이 길이라는 생각이 들어 눈을 감고, 왔던 길을 머릿속에 다시 그렸다.

푸엔테 데 라 레이나에서 에스테야로 가는 길가의 유채꽃,
푸른 하늘과 어울려 아름답다.

5일 차(4월 13일)

: 푸엔테 데 라 레이나에서 에스테야(Estella)까지

- 늙은 포도나무의 의미

호텔에서 간단하게 조식을 먹고 7시 30분쯤 길을 나섰다. 일기 예보로는 오전에 비가 올 확률이 약 50% 정도이고, 기온은 어제보다 많이 떨어져 섭씨 약 4~5도 정도였다. 우리는 비가 오면 판쵸 우의를 꺼낼 각오를 하며, 이것도 어차피 닥칠 일이라 생각했다.

구름은 하늘을 캔버스로 다양한 그림을 그리고,
청보리도 고색창연한 건물들과 어울려 아름다운 작품을 완성하였다.

아름다운 만남의 여정 산티아고

오히려 시간이 지날수록 비는 오지 않고 트레킹을 시작한 후 가장 푸른 하늘을 볼 수 있었다. 같이 걷던 심 회장이 농담으로 "역시 확률은 숫자에 불과해."하고 말했다. 나는 "여러 번 걷다 보면 이 확률에도 비를 맞을 수 있다."고 말하며 웃었다.

에스테야가 속한 나바라지역은 이름난 와인 생산지인데,
끝없이 펼쳐진 포도밭에는 키가 작은 포도나무들이 자라고 있다.

에스테야로 가는 길 가운데 있는 시라우키(Cirauqui)와 로르카(Lorca)지역은 스페인에서도 이름난 와이너리들이 있다. 한없이 펼쳐진 포도밭과 푸른 하늘, 그리고 피레네산맥의 조화는 맛있는 와인의 비결이다. 이 지역의 포도나무들은 한국에서 평소 보던 포도나무에 비해 키가 매우 작았다. 겨울을 나는 동안 포도나무도 성장을 멈춘다는데, 필요 없는 가지나 웃자라는 눈을 이 기간에 대부분 제거해 주기 때문이라고 한다. 포도의 품종뿐 아니라 지형, 토질, 기후 등에 따라 포도 맛이 달라질 것이고, 지역마다 내려오는 전통적 생산

방법의 차이도 와인의 맛에 영향을 미칠 것이다. 이런 요인들을 변수로 하여 아쉔펠트 교수는 와인값을 추정하는 방정식을 만들었을 것이다.

포도나무의 수명은 품종에 따라 50년에서 100년 정도 된다고 한다. 나이가 어린나무보다 수령 20년이 넘는 나무에서 열린 포도의 당도가 더 높으며 이 포도를 이용하여 만든 와인이 더 좋은 평가를 받는다는 사실이 재미있었다. 프랑스 부르고뉴 지역의 와인은 수령이 30~40년 된 나무에서 얻은 포도로 만든 와인의 가격이 제일 높다고 한다. 사람이 연륜이 높아짐에 따라 깊은 멋이 배어나듯, 포도는 나이가 들수록 맛이 깊어지는 것 같다.

에스테야는 아름다운 하늘 아래에 노란 유채꽃과 청보리밭 가운데 있는 동화와 같은 마을이었다.

나와 같은 직장에 근무하다 은퇴한 이시영 교수는 와인에 관심이 많아 경제학자임에도 몇 년 전 '와인 뽀개기'라는 책을 출간하였다. 취미로 시작했던 와인에 대한 지식을 전문가 수준으로 이룬 그의 노력에 머리가 숙어졌다. 이곳 포도밭을 지나오니 나바라 와인에 대해 말씀해 주셨던 이 교수님이 생각났다.

노란 유채꽃, 청보리밭을 지나 에스테야에 들어오니,
낮은 봉우리와 작은 개천이 어우러진 아름다운 마을이 나타났다.

　　이런저런 잡다한 생각을 하다 보니 어느새 에스테야에 도착했다. 에스테야는 페르돈 언덕의 순례자 조형물에 쓰여 있듯, 별이 지나가는 길목에 있는 도시답게 아름다웠다. 노란 유채꽃과 청보리의 안내를 받아 숙소인 Estella Rooms에 도착했다. 숙소는 self check-in 방식이라 키오스크(kiosk)로 체크인하고 안으로 들어왔다. 규모가 작지 않은 숙소인데 직원은 청소하고 침구를 정리하는 나이 든 아줌마 한 사람뿐이다. 모든 것이 자동화되고 기계화되니 사람의 역할과 영역은 점점 좁아지는 것 같다.

6일 차 (4월 14일)

: 에스테야에서 로스 아르코스(Los Arcos)까지 - 버리면 얻는 것들

어제는 일찍부터 서두른 덕분에 에스테야에 도착하여 점심을 먹을 수 있었다. 레스토랑 밖에 야나가 보여 같이 먹자고 불렀다. 그녀는 당도가 약간 있는 나바라 와인이 입에 맞는다며 몇 잔을 마셨다. 나는 길에서 만난 좋은 인연에 감사했고, 내일 로그로뇨에서 집으로 가는 그녀의 길이 평안하기를 기원했다. 야나도 우리와 함께 걸었던 기억이 좋은 추억이 될 것 같다고 말했다. 남편도 내년에 은퇴하니 이제부터는 같이 걷겠다고 한다.

구글에 검색해 보니 Beramendi의 값은 8.5유로로
일반사람들이 즐겨 찾는 나바라 와인이라 한다.

오늘 아침은 날씨가 쌀쌀하고 바람도 불어 차림을 단단히 하고 나왔는데 얼마 가지 않아서 가랑비를 만났다. 길을 걷던 사람들 모두 배낭에 방수 커버를 씌웠고 어떤 이는 아예 판초를 입었다. 그러나 비는 내리다 그치기를 반복했다. 한참을 걸어 도심을 빠져나가니 포도밭과 보리밭이 끝없이 펼쳐졌다. 잦은 비와 따뜻한 날씨, 변화가 심한 기온 탓에 포도맛이 특이하고 이 포도로 만든 와인이 세계적으로 인기가 있다고 생각하였다.

순례길에는 무인 도네이션 바도 가끔 보이는데, 시원한 물과 차려진 음식을
먹은 후 자발적으로 적당한 금액의 기부금을 낸다.

와인의 생산과 유통에도 수학과 통계학적 방법이 유용하게 쓰인다. 온도와 열량의 계산에 주로 이용되는 아레니우스(Arrhenius) 방정식을 와인 산업에 이용하면, 와인을 제조한 후 보관할 때 온도가 와인에 미치는 영향을 계산할 수 있다. 수년 전 미국 프린스턴대학교 경제학과 아쉔펠트 교수가 미국 나파밸리와 프랑스 보르도 및 보르고뉴 지역의 포도맛과 와인 가격에 대해 연구한 바가 있었다. 포도

맛에 영향을 미치는 변수는 토질 성분, 강우량 및 일조량, 밤낮의 기온 차이 등인데, 그는 수년간 연구 대상 지역의 포도을 관측하고 자료를 수집하였다. 아쉔펠트는 이렇게 얻은 자료를 독립변수로 하여 와인값을 예측하는 회귀모형(regression model)을 만들었다. 이 모형은 지금도 이들 지역의 와인값을 예측하는 하나의 방법으로 사용되고 있다.

와인값을 예측한 아쉔펠트교수의 성과를 보도한 '프린스턴 패킷 온라인 뉴스' 기사
(출처: KBS 화면 캡처)

이런저런 생각을 하며 길을 걷는데 론세스바예스에서 수비리로 넘어 올 때 만났던, 부모님을 모시고 온 대학생을 푸드트럭 앞에서 만났다. 성격이 너무 쾌활하고 예뻐서 이번 순례길에 한국인 마스코트가 되었다. 태명이 '꽃분이'라고 해서 한국 순례자들이 그렇게 불렀다. 꽃분이 부모와 같이 차를 한잔하면서 성격이 곱고 예쁘다고 칭찬하였더니, 고등학교 1학년까지 수학 교과목 때문에 본인은 물론 온가족의 마음고생이 심하였다고 한다. 수많은 고민 끝에 고등학교 2학년에 올라오면서 수학을 포기하는 결단을 내리고 나니 모든 것이 좋아졌다고 했다. 우선 아이의 얼굴이 밝아졌고 피부가 좋아졌으

아름다운 만남의 여정 산티아고

며, 가족끼리 다툴 일도 없어져 집안 분위기도 좋아졌다고 한다. 부수적으로 수학 공부를 하느라 지출했던 과외 및 학원비가 절약되니 가정 경제도 좋아졌단다. 물론 그 이야기가 농담 반 진담 반이라는 사실을 모를 리가 없었지만, 모든 사람에게 꼭 필요한 것은 아닌 '수학'이라는 것을 포기함으로써 한 가정에 행복한 웃음을 줬다니 수학의 언저리에 있는 나도 썩 기분이 나쁘지는 않았다. 지금은 일문학을 전공한 후 한 걸음 더 나아갈 결심으로 부모님과 함께 이 길에 나섰다고 한다.

많은 재료를 사용하지도 않은 빠에야이지만
시골 식당 주인 부부의 손맛을 느낄 수 있었다.

로스 아르코스 성당 앞 Cafeteria Buen Camino의 광고판에 빠에야(paella)가 보였다. 빠에야는 스페인 대표 음식인데, 이번 순례길에서는 이제야 처음 맛을 보았다. 이 6유로짜리 시골 식당 음식이 10여 년 전 바르셀로나의 소문난 맛집이라는 곳에서 비싸게 먹었던 것보다 훨씬 맛있었다. 물건을 찍어내듯 퍼 담았을 대도시 음식점에 비해 정성스럽게 한 그릇 한 그릇 만드는 음식에 시골 마을 식당 주인 부부의 손맛을 느낄 수 있었다.

　수비리에서 헤어졌던 대구의 선생님들을 이곳에서 다시 만났다. 두 분의 선생님들과 귀촌 농부 최 선생이 한 팀이 되어 걷고 있었다. 이분들도 며칠 동안 같이 걸었으니 친분이 더 돈독해진 것 같았다. 70대 초반의 김 선생님도 나이 때문에 주위에 폐가 되지 않나 고민하셨다는데, 이제는 각자의 속도를 존중하기로 했다고 한다. 빨리 걷는 분은 빨리 걷고, 느리게 걷는 분은 느리게 걸어 숙소에서 만나기로 했단다. 이제는 빨리 걷다가 늦게 오는 사람을 기다리는 일이 없어졌다고 했다. 나는 훌륭한 결정이라 말해 주었다. 서로의 다름을 인정하는 것이 얼마나 편리하고 좋은 일인가 순례길에서 다시 한 번 깨닫는다.

　법륜 스님은 사람들은 살아온 환경이 서로 다르기 때문에 생활에서 느끼는 행복도 사람에 따라 다르다고 법문하셨다. '10개를 다 가져야만 행복한가?', '빨리빨리 뭔가를 해결하는 것이 행복한가?'에 대한 판단은 각자 처한 상황에 따라 다르다는 것이다. 사람들마다 자란 환경이 다르므로 세상을 바라보는 눈이 같지 않은 것은 당연한 일이라고 하셨다. 서로가 다름이 있기 때문에 서로의 마음이 흘러가는 것도 인정하면 마음이 편해진다고 했다. 사람들의 마음도 세상과의 시절인연에 따라 편해졌으면 좋겠다고 생각해 보았다.

7일 차(4월 15일)
: 로스 아르코스에서 로그로뇨(Logroño)까지 - 문화적 충격

　　로스 아르코스에서의 숙소 Pension Ostadar는 비교적 깨끗하고 편리해서 만족했었다. 어젯밤에는 순례길에서 만났던 대구 선생님들과 저녁 식사를 하고 들어와 펜션의 다이닝룸에서 친구 심 회장하고 가볍게 와인을 마시며 하루 일과를 정리하고 있었다. 다이닝룸에 합류한 독일인 여성도 한국 문화에 관심이 많아, K-pop 등에 대해 자신의 생각을 이야기했는데, BTS에 관심이 많았다. 잠시 후 와인을 일곱 잔이나 마셨다는 스페인 청년 한 사람도 들어와 그의 취기에 모두 웃으면서 지난 며칠 동안의 여정에 대해 이야기하였다. 그런데 그 청년이 갑자기 심 회장과 내가 커플이냐 물었다. 너무 황당하고 어이가 없어서 친구라고 단호히 말하고 넌 방으로 꺼지라고 했다.

산솔로 가는 길에는 이 길을 걸었던 많은 사람들의 소망이 깃든 돌탑이 쌓여있었다.

유럽이나 미국을 많이 여행했지만, 동성인 두 명이 한 방을 이용하는 것에 대한 일부 사람들의 시각이 이렇다는 것을 이 순례길에서 처음 알았다.

로스 아르코스에서 로그로뇨는 약 28㎞ 정도 되는 거리에 있는데, 산솔(Sansol)과 비아나(Viana)를 지난다. 로스 아르코스는 나바라 자치지방과 리오하(Rioja) 자치지방의 경계에 있는 도시로서 순례자들이 많이 쉬어가는 곳이다. 로스 아르코스에 순례자들이 많이 몰려들어 방을 구할 수 없으면, 7㎞ 정도 떨어진 산솔까지 가서 방을 구해야 한다. 로스 아르코스에서 출발한 대부분의 순례자들은 산솔의 카페에서 아침 식사를 한다. 산솔을 지나 11㎞ 정도 걸으면 비아나(Viana)가 있는데, 이곳은 나바라 지방의 끝으로 리오하 지방과 맞닿아 있다. 산솔에서 아침을 먹고 비아나로 들어갈 때쯤 비아나 방향의 하늘로 길게 드리워진 아름다운 무지개가 있었다.

비아나 하늘에 잠깐 생겼다 없어진 무지개

　　　　　　　　　　　아름다운 만남의 여정 산티아고

내가 서 있는 곳은 비가 오지 않았는데 저곳은 비가 왔었나 보다. 무지개는 금방 사라졌지만 무탈하게 끝까지 이 길을 잘 완주하라는 격려의 의미라 생각했다.

리오하 지방으로 들어서니 높이가 높은 석재 구조물과 상대적으로 낮은 구조물이 나란히 서 있는 모습을 자주 볼 수 있었다. 이러한 모습의 구조물을 처음 보았을 때는 무엇을 의미하는지 별생각 없이 보고 지나쳤었다. 높이가 높은 구조물 위에 등산화가 놓여 있는 것을 보고 곰곰이 생각해 보니, 옛날에 이 길을 걸었던 사람들과 주인의 짐을 등에 싣고 가던 당나귀(donkey)를 의미한다는 생각이 들었다. 이동 수단이 변변하지 못했던 당시, 당나귀는 주인의 무거운 짐을 등에 싣고 산길을 묵묵히 걸었을 것이다. 오늘날 이 길에서 동키 서비스라 부르는 신조어는 여기서 비롯되었으리라 생각했다.

봄의 전령인 들꽃이 피어 끝이 보이지 않았다.

순례자와 당나귀를 상징한다고 생각한 구조물

리오하 지방은 리오하 와인을 생산하는 지역으로 유명하다. 옛날 이곳을 점령했던 로마군이 필수 보급품인 와인을 만들기 위해 로그로뇨 부근에 대규모 포도밭을 만든 것이 리오하 와인의 시작이었다. 이후 중세기에는 상업적 생산이 시작되었고, 산티아고 순례길을 오가던 사람들에 의해 널리 퍼졌다. 리오하 와인에 대한 이곳 사람들의 자부심은 대단했다. 스페인 사람들이 제일 좋아하는 와인이지만 생산량이 많지 않아서 수요를 감당할 수가 없다고 한다.

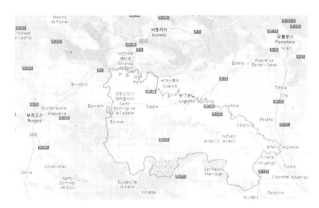

붉은 점선 안에 속한 지역이 리오하 자치지방이며,
로그로뇨는 리오하 지방의 제일 큰 도시이다.(출처: 구글지도)

로그로뇨는 리오하 지방의 제일 큰 도시이다. 가을에 열리는 산마테오(St. Mateo) 축제 때는 이곳 사람들이 전통의상을 입고 나무통에 들어 있는 포도를 밟는 전통 놀이를 한다는데, 이것 또한 와인과 관련된 행사이다.

예약한 Albergue Albas는 사람들로 넘쳤다. 알베르게 다이닝룸에서 여러 사람들과 만났는데, 이 길을 두 번째 왔다는 60대 후반의 은퇴자 부부와 세 번째 걷고 있다는 부산 자매들에게서 앞으로의 여정에 대해 이야기를 들었다. 60대 후반 부부는 2014년에 완주했었는데, 10년 만에 다시 왔다고 한다. 처음 이 길을 걸었을 때는 완주가 목표여서 앞만 보고 걸었으나, 세월이 지날수록 이것이 마음에 걸려 이번에는 하루에 15㎞ 미만씩 나누어서 걷고 있다고 했다. 처음 왔었을 때보다 더 여유롭고 훨씬 더 많은 풍경을 감상한다고 한다. 그들은 스스로 독실한 천주교 신자라 했는데, 순례길 위에 있는 크고 작은 성당과 성소에서 미사를 드리는 것도 그들에게는 의미가 크다고 했다.

로그로뇨를 가로질러 흐르는 에브로(Ebro)강은 스페인에서 유량이 가장 많은 강이며,
이 지역 포도 농사의 젖줄이다.

생장의 순례자 사무소가 올해 4월6일 발표한 순례자 통계에 의
하면 금년 3월까지 생장에서 출발한 순례자의 숫자가 지난해보다
33%가 늘었다고 한다. 흥미로운 것은 다시 찾는 순례자의 숫자도
늘었는데, 이 부부처럼 종교적 이유로 다시 찾는 사람들이 제일 많
다고 한다. 오늘 순례길에서 만난 이런저런 인연들과 타파스 거리에
있는 중식당에서 저녁 식사를 했는데, 바이주 한 잔에 모두 취해서
일찍 잠자리에 들었다.

8일 차(4월 16일)

: 로그로뇨에서 나헤라(Nájera)까지 - 스페인 사람 앙커

  알베르게는 대부분 혼성으로 숙박하므로, 성별이 달라 불편함을 생각하면 이용할 수가 없는 곳이다. 그냥 그러려니 하고 생활하면 별 불편함은 없는데, 코골이가 심한 사람이 가까이 있으면 그날은 운수가 나쁜 날이다. 이 때문에 순례자들은 대부분 귓구멍을 막는 작은 마개를 준비해 온다. 어젯밤에는 최근 들어 경험한 가장 강력한 분이 바로 옆 칸에서 자는 탓에 제대로 눈을 붙인 시간이 얼마나 되나 싶다.

숙소에서 나오니 순례자들의 모습을 표현한 작은 동상이 있었다.
마치 새벽길을 떠나는 우리의 모습을 보는 듯했다.

6시쯤 알베르게를 나와 한 시간 정도를 걸어 도심을 벗어나니 광활한 포도밭이 펼쳐져 있다.

리오하 지역의 포도나무도 정원수처럼 키가 작은 품종들이었다.

산티아고 순례길은 한국인을 비롯하여 많은 나라의 사람들이 찾는데, 당연히 스페인 사람들이 많았다. 야나는 로그로뇨에서 스케줄을 마쳤을 것이다. '모르는 곳을 향해 천천히 가는 것이 까미노'라고 했으니 '그렇게 왔다가 가는 것도 까미노'라 생각해 보았다.

오늘 길은 거의 평지이고 심 회장과의 속도도 눈에 띄게 차이가 나는 바람에 천천히 걷고 있었는데, 어느 외국인 남성이 다가와 말을 걸었다. 한국인이냐고 물었고 본인은 마드리드에서 온 스페인 사람이며 이름은 앙커라고 했다. 아들이 삼성전자의 스페인법인에 다닌다고 했는데, 그래서인지 한국을 참 좋아한다고 했다. 휴대폰과 스마트워치를 보여주며 삼성이 세계 최고라고도 했다. 내가 통계학과 교수라고 했더니, 자기는 회계사이고 부인은 마드리드 부근에 있는

　　　　　　　　　　　아름다운 만남의 여정 산티아고

어느 대학교 수학 담당 교수라고 했다. 본인의 업무에도 통계가 많이 필요한데, 최근에 이슈가 되고 있는 빅 데이터 방법은 세상의 변화를 이끌 것이라고 했다.

스페인인 앙커는 이번 순례길에서 가장 오랫동안 같이 걸으며 많은 이야기를 나누었던 순례자였다.

본인은 천주교 신자인데 늘 성경 공부만 하였지 한번도 고행의 길을 걸어본 적이 없어, 이번에 마음먹고 산티아고까지 가겠다고 한다. 그도 역시 "왜 이 길을 걷게 되었느냐?"고 나에게 물었다. 지금은 그에게 딱히 해줄 말이 없었다. 왜 걷게 되었는가는 더 걸어보고 산티아고 대성당 앞에서 다시 만나면 말해주겠다고 약속했다. 그는 꾸밈없고 올바른 심성을 가진 사람으로 보였는데, 트리아까스텔라(Triacastela)에서 헤어질 때까지 순례길의 의미와 삶의 지혜 등에 대해 나에게 많은 가르침을 주었다.

산을 넘을 때면 스페인에서만 핀다는 작은 꽃에 대해서도 설명해 주었고, 처음 보는 특이한 나무에 대해서도 자세하게 설명해 주었다. 꽃이나 나무에 대한 단어와 용어를 잘 몰라서 무엇을 설명했는지 기억이 잘 나지 않는 것이 아쉬웠다. 한국의 유명한 연예인들이 산티아고 순례길을 소개 했던 TV 프로그램도 아들이 소개해서 유튜브를 통해 보았다고 했다. 나는 그 프로그램 이름이 '스페인 하숙'라고 말해 주었다. 옆에서 걷던 다른 스페인 사람도 이 프로그램을 보았다고 했다.

나헤라 가는 길 중간에 있는 나바레떼(Navarrete) 성당 앞에 있는
조형물인데 와인을 만드는 사람을 의미하는 것 같다.

최근에는 '손미나'라는 유명한 아나운서도 이 길을 걸었다고 이야기하며 유튜브로 보여주었다. 순례길에 한국인이 많은 것도 이들 프로그램이나 매체의 영향도 있을 것이라고, 그와 내가 자체 분석도 하였다. 우리가 생각하는 우리 브랜드와 우리 문화를 외국인이 더 좋아하는 것을 보니 마음이 즐거웠다.

아름다운 만남의 여정 산디아고

벤토사(Ventosa) 마을 입구에 있는 순례길 표식. 순례길 위의 많은 마을에서는 그들만의 방법으로 순례자들을 맞이한다.

심 회장과는 나헤라 입구에서 만나자고 약속을 하고 헤어졌다. 이런저런 생각에 잠겨 천천히 걷고 있는데, 먼발치에서 어떤 노인 부부가 큰 소리로 나를 불렀다. 그들은 내가 순례길을 벗어나 앞으로만 보고 걷는 것을 안타깝게 여겼는지 손짓 발짓을 하며 발을 동동 굴렀다. 가던 길에서 빠른 걸음으로 돌아와 백발이 성성한 노인 부부에게 감사의 인사를 했다. 그들은 프랑스에서 왔다고 했다.

나헤라 입구 부근에서 내 친구 심 회장을 다시 만났다. 우리도 각자의 스피드의 차이를 존중하니 트레킹 길이 더 즐거워졌다.

나헤라 마을 입구에 있는 어느 식당의 점심 특선 메뉴

　　나헤라 입구에 들어서니 어느 식당에서 점심 특선 메뉴 간판을 세워 놓았다. 우리는 한 번 주문에 두 접시가 나오는 줄 모르고, 두 사람이라 두 개를 주문하니 큰 접시로 네 개가 나왔다. 스페인어를 몰라 사고를 쳤다고 마주 보고 웃었다. 때마침 대구의 70대 초반 김 선생님이 지나가는 것을 보고 불러서 같이 먹으니 더 좋았다. 오늘 저녁은 양고기 맛집을 찾았다고 심 회장이 몹시 즐거워했다. 당연히 리오하 와인을 곁들여야겠다.

　　　　　　　　　　　　　　　　　아름다운 만남의 여정 산티아고

9일 차(4월 17일)

: 나헤라에서 까스틸델가도(Castildelgado)까지

- 프랑스 파업에 대한 프랑스 사람의 생각

어제 나헤라에서의 저녁 식사는 잊지 못할 것 같다. 양고기를 전문으로 하는 작은 식당 Mesón El Buen Yantar는 예약 손님만 받았다. 전화로 예약을 한 후 8시에 방문할 때만 해도 이 식당의 서비스가 이렇게 대단할 줄은 몰랐다. 일본인 나히루를 이 식당 앞에서 처음 만났다. 그도 이 식당이 순례길의 최대 맛집 중 하나라고 하며 엄지손가락을 들어 보였다. 저녁 8시가 되어 식당의 문이 열리고 예약한 손님들이 식당 안으로 입장하였다.

양고기 전문식당 Mesón El Buen Yantar에서 나온 리오하 와인
vina valdesancho. 나바라 와인에 비해 좀 깊은 맛을 느꼈다.

우리가 먼저 입장하고 나서 출입문 쪽을 보니 나히루가 주인하고 무슨 말을 하더니 도로 나가버렸다. 식당 주인에게 이유를 물었더니 예약하지 않고 왔다고 했다. 이 식당의 메인 요리는 양(羊)갈비구이였는데 가격은 순례자 요금으로 13유로였다. 더구나 이 값에는 리오하 와인도 한 병 포함되어 있었다. 모두 푸짐하게 먹었는데 주인은 양갈비 한 접시와 리오하 와인 한 병을 서비스로 주었다. 감자튀김을 한 접시 더 들고 오는 등 뭐든 더 주고 싶어 하는 주인 덕분에 비싼 양갈비를 양껏 먹었다.

순례길 최고의 음식이었던 나헤라의 양갈비구이

식당의 옆 테이블에 앉아 식사하던 노부부도 웃으면서 우리 테이블에 큰 양갈비 두 점을 보내왔다. 이 부부는 나헤라 마을 입구에서 내가 길을 잘못 들어 잠시 다른 곳으로 방향을 잡자 큰소리와 몸짓으로 나를 불렀던 고마운 분들이다. 우연히 같은 호텔에 묵게 되었는데, 호텔 입구에서 날 보더니 내가 아무 생각 없이 스틱을 짚으며 혼자 걷는 모습을 흉내내며 즐겁게 웃었다.

더운 날씨에 오르막길을 한참 올라가는데 "힘내!! 100m 앞 언덕 위에 시원한 마실 거리가 있어!!"라고 쓴 격려문을 보고 오르니 간식을 파는 사람들이 있었다.

산티아고 순례길 트레킹을 마치고 스위스 벨린초나(Bellinzona)에 살고 있는 친구와 5월 11일에 만나는 약속을 한국에서부터 하고 왔다. 친구와의 약속을 지키려면 우리가 지금 걷고 있는 스케줄보다 이틀 정도를 더 빨리 걸어야 한다. 그래서 오늘의 원래 목적지였던 산토 도밍고 데 라 깔사다에서 12㎞ 정도 더 걸어서 까스틸델가도라는 작은 마을까지 가기로 하고 숙소를 예약했다.

길은 오르내림이 반복되었고 날씨마저 더워서 걷는 데 힘이 들었다. 나는 며칠 전부터 동키 서비스를 이용하여 배낭을 다음번 숙소까지 보내고 편히 걷고 있지만 심 회장은 무거운 배낭을 첫날부터 지금까지 메고 걷는다. 나도 미안하고 안쓰러워 같이 보내자고 해도 힘닿는 데까지 그냥 메고 걷겠다고 한다. 그의 건강함과 성실함에 박수를 보냈다.

끝없이 펼쳐진 리오하 유채꽃밭. 지평선까지 노란색으로 덮었다.

노란색 유채꽃에 마음을 뺏겨 멍하니 걷고 있는데, 누군가가 말을 걸어왔다. 프랑스에서 왔다는 임마뉴엘이라고 자신을 소개하였다. 나는 한국에서 왔다는 것과 노란색 꽃에 정신이 팔려 아무 생각 없이 길을 걷고 있었다고 나를 소개하였다. 이런저런 이야기를 하다가 이 길을 걷기 위해 파리에서 생장까지 온 과정을 이야기하면서 버스나 철도가 파업할까 봐 마음 졸였다고 말했다. 그랬더니 그는 마크롱 정부가 일방적으로 연금개혁을 추진했기 때문에 생긴 일이라고 했다.

나는 한국도 인구가 감소하고 있고 훗날 우리 세대를 부양해야 할 젊은이들의 부담을 줄이기 위해 지금 세대가 "많이 내고 적게 받는 방식"으로 제도가 바뀌어 가고 있다고 말했다. 프랑스와 한국뿐 아니라 세계 각국에서 비슷한 문제가 있기 때문에 불가피한 상황으로 받아들여야 하지 않겠냐고 조심스럽게 내 의견을 말했다. 임마뉴엘은 프랑스 국민 대부분이 62세까지만 일을 하고 은퇴하는데, 이번 정부는 은퇴하는 나이를 국민의 동의도 없이 일방적으로 64세로 늘렸다고 했다. 국민 대부분은 62세에 맞추어 인생을 설계하는데, 정부는 아무런 대책도 없이 마음대로 정년을 연장하려 하고 있다는 데 문제가 있다고 했다. 그도 역시 정부의 정책에 반대하는 입장이라고 한다. 개인적으로 나는 프랑스 정부의 개혁 방향이 옳다고 생각했는데, 실제로 프랑스인이 저렇게 생각하니 할 말이 없었다. 그래도 정부가 의지를 포기하지 않으면 어떻게 되겠냐고 물었더니 앞으로 혼란이 더 심해질 수도 있다고 했다. 내가 관여할 일은 아니지만 정부가 대안을 잘 마련해서 국민이 납득하게 되었으면 좋겠다는 바람을 이야기했다. 프랑스와 같은 경제적으로 영향력이 큰 나라가 혼란해지면 결국은 세계 경제가 불안해질 것이고, 그 파도가 미약하겠지만 나에게로 향하지 말라는 법이 없다는 생각이 들었다.

오후 3시가 넘어서 예약한 알베르게에 도착했다. 35㎞를 넘게 걸어서 힘든데 주인은 알베르게 이용 방법을 한참 동안 하나하나 설명한다. 부인이 만든 퀼트 작품이 알베르게 벽에 전시되어 있으며 판매도 한다고 했다. 어느 나라에서나 볼 수 있는 성실하게 사는 일반 국민의 모습 그대로였다. 부인이 솜씨가 좋아 당신은 행복하겠다고 했더니 함박웃음으로 응답했다.

까스틸델가도의 알베르게 입구에 붙어있는 세계 여러 나라의 지폐와 기념품들. 이 알베르게를 이용했던 순례자들이 두고 간 것인데, 우리나라 지폐와 기념품들을 보니 반가웠다.

아름다운 만남의 여정 산티아고

10일 차(4월 18일)

: 까스틸델가도에서 아헤스(Ages)까지

- 순례길 위의 모든 이는 평등하다

1) 네덜란드인 반 네스

　까스틸델가도의 Albergue Bideluze의 주인과 그 부인은 성실하고 친절한 사람이다. 알베르게의 순례자 석식은 12유로였는데, 야채죽과 감자가 포함된 삶은 미트와 리오하 와인이었다. 음식에 정성이 가득 담겨 있다는 느낌을 받았다.

네덜란드인 반 네스(맨 우측)는 순례길에 대해 본인만의 철학을 가진 사람이었다.

저녁 식사는 우리 둘과 미국 청년, 네덜란드인을 포함하여 네 명이 같이 했는데, 나중에 스페인인 한 명이 합석했다. 네덜란드인 반네스는 순례길을 다섯 번째 걷는다고 한다. 네 번은 생장에서 산티아고까지 걸었는데, 이번에는 거꾸로 산티아고에서 생장까지 걷고 있었다. 거꾸로 걷는 이유를 물으니 산티아고로 향해 걸을 때는 늘 앞만 보고 걸었는데, 한 방향만 고집하는 것만이 순례의 원래 뜻이 아니라는 생각이 들어 이번에는 반대 방향으로 걷는다고 했다. 그는 순례길에 대해 확고한 철학을 가지고 있는 사람이었다. 우리가 오늘 35㎞를 걸어 힘들게 왔다고 말하자, 그는 "까미노를 빠르게 많이 걷는다고 생각하는 것은 별 의미가 없다."고 하고는 "어떤 생각을 하면서 걷는가?"가 제일 중요하다고 했다. 또한, "이 길을 걷는 사람이 누구인가? 내가 얼마나 가졌는가? 얼마나 높은 곳에 올랐는가?"도 중요하지 않다고 했다. 이 길을 걸을 때, 순례길 위에서는 모두 평등하고 같은 순례자이기 때문이라고 했다. 그는 반대 방향으로 걸으니 산티아고를 향해 갈 때와는 전혀 다른 풍경도 볼 수 있고, 순례를 마치고 집으로 가는 사람들의 마음이 어떤가에 대해서도 생각하게 되었다고 말했다. 그는 비오단자(biodanza)라고 하는 정신 수련 프로그램에 심취해 있었다. 사람의 감정을 춤으로 표현하면 다시 그 춤을 통해 긍정적 정서가 형성되고 그것이 가슴으로 돌아온다는 말을 했다. 검색해 보니 biodanza는 그리스어 bio(생명)와 스페인어 danza(춤)가 결합한 신조어로서 "생명의 춤"을 의미하는 말이었다. 즉, 자기 인식을 심화하기 위해 음악, 움직임 및 긍정적인 감정을 활용하는 자기 계발 시스템이라고 했다. 자신과 자신의 감정에 대한 전체적인 연결을 만들고 그것을 표현하는 능력을 증진하는 것을 추구하는데, 수련을 하는 사람들은 biodanza가 타인 및 자연과의 유대감을 깊게 하고 그러한 감정을 마음에 맞는 방식으로 표현할 수 있는 공간을 열어준다고 믿는다. 반 네스도 biodanza 수련인의 시각으로 자연을 보았을 것이고, 그 힘으로 산티아고 순례길을 즐기며 걸었으리라 생각해 보았다.

2) 알베르게에 대한 생각

알베르게에서는 다양한 사람을 만날 수 있다. 나는 친구와 같이 여행하기 때문에 주로 2인실을 예약하는데, 예약이 잘 안될 때는 다인실을 이용한다. 다인실은 성별 구분 없이 선착순으로 침대를 배정하는 경우가 대부분인데 샤워를 하거나 취침을 할 때는 좀 민망한 경우도 있었다. 여러 나라 사람들이 이용하다 보니 전화를 하거나 유튜브를 볼 때는 다양한 나라 언어들을 들을 수 있다. 다이닝룸이 있는 알베르게에서는 여러 사람이 모여서 이야기할 수 있다. 자국인들끼리는 당연히 자국어를 쓰지만 외국인들끼리는 주로 영어를 사용한다. 재미있는 것은 내가 만났던 프랑스인과 스페인인들은 생각보다 영어를 잘하지 못했다는 것이다. 나하고 수준이 맞는 정도이니 오히려 부담이 없이 대화할 수 있어 좋았다.

아헤스 7인실 알베르게의 내부

알베르게의 종류에는 무니시팔(municipal)이라 부르는 공공기관
이 운영하는 공립과 개인이 운영하는 사립이 있다. 공립은 많은 사람
이 저렴하게 이용하는 곳으로 요금은 침대 당 10유로 미만이다. 사
립은 우리나라의 여관과 비슷한데, 방 하나에 침대를 2개에서 많게
는 수십 개를 넣고, 침대당 15유로 정도를 받는다. 여러 사람이 이용
하다 보니 코골이 문제, 속옷 차림으로 왔다 갔다 하는 민망한 문제
등이 발생한다. 흔히 발생하는 문제들이니 이것도 까미노의 일부라
고 생각하는 것이 속 편한 일이다.

마을 입구에 들어서면 간단한 마을 소개와 함께
알베르게의 위치를 설명하는 안내판을 볼 수 있다.

　　종교시설에서 운영하는 알베르게는 도착하는 순서대로 침대를
배정하는 곳이 대부분으로 예약을 받지 않는다. 사립 알베르게는 이
메일이나 전화로 예약을 하고 오는 경우가 많다. 경우에 따라 목적
지 알베르게의 침대가 매진이 되면 길게는 10㎞ 정도 더 걸어서 다음
마을의 알베르게를 이용할 수밖에 없다. 우리도 처음에는 여러 사람
이 한 공간을 이용하는 것에 대해 불편함을 우려하였으나, 이제는 익
숙해져 오늘도 아헤스에 있는 알베르게를 이용하고 있다. 알베르게
에서는 다양한 문화와 언어를 가진 사람들과 어울릴 수 있기 때문에
호텔을 이용함으로써 얻는 편리함과는 다른 즐거움이 있는 곳이다.

　　스케줄이 맞아 같이 걷는 순례자들은 같은 알베르게에 묵는 경
우가 많은데, 여러나라에서 온 사람들과 함께 음식을 만들어 먹을
수 있어 순례길의 또 다른 의미를 느낄 수 있다.

작은 시골 마을의 집들 대부분은 순례자들을 위한 알베르게로 운영되고 있었다.

3) 길 위의 예술가들

기나긴 산티아고 순례길에서도 가끔은 예술가들을 만난다. 로그로뇨에서 나헤라로 가는 길에 벤토사(Ventosa)를 지나 높은 언덕을 힘겹게 올라오니 멀리서 기타 소리가 들렸다. 누군가가 고단한 순례자들을 위해 아름다운 선율을 선물하는 것이라 생각했다. 음악을 들은 사람들은 정성껏 성의를 표시하고 지나갔다. 나는 보지 못했으나, 음악에 취미나 재능이 있는 순례자들이 순례길에 기타나 색소폰 등과 같은 악기를 들고와 알베르게에서 연주하는 경우도 있다고 한다.

까스틸델가도에서 산후안 데 오르테가(San Juan de Ortega)로 가는 길은 작은 산을 하나 넘어야 한다. 끝없이 펼쳐진 산길을 따라 천천히 올라가니 정상 부근에 평지가 있었다. 한쪽에서는 남편이 푸드 트럭에 과일과 시원한 음료수를 팔고 있었고, 다른 한쪽에서는 부인으로 보이는 사람이 나무를 열심히 깎아 다듬어 무언가를 만들고 있었다.

순례길 위에 있는 모든 생명들은 평등한 순례자이다.

길에서는 개 두 마리가 오고 가는 순례자들의 품을 넘나들며 뛰어놀고 있었다. 순례길 위에 있는 모든 것들은 평등하다는 반 네스의 말이 생각났다. 사람도 동물도 순례길 위에서는 같은 순례자였다.

11일 차(4월 19일)

: 아헤스에서 부르고스(Burgos)까지 - 소 등에 앉아 소를 찾았는가?

　　아헤스 알베르게는 7인실이었는데 6명이 숙박하였다. 모두 남자들이었는데 다행히 매너도 좋았다. 누군가가 9시 반쯤 "소등합시다."고 했더니 모두 동의했다. 그런데 아침에 일찍 깼는데도 아무도 불을 켜자고 하는 사람이 없었다. 도저히 참지 못하고 내가 "6시 반이 넘었으니 불을 켭시다."라고 했더니 모두 "그럽시다." 하고 일제히 일어났다. 그 상황이 너무 웃겨서 생각날 때마다 웃었다.

부르고스로 가는 길에서는 포도나무를 거의 볼 수 없었다.

　　　　　　　　　　　　　　　　　　아름다운 만남의 여정 산티아고

이틀 동안 70㎞를 넘게 10만 보 이상을 걸었는데, 부르고스까지 가는 오늘 일정은 24㎞ 정도로 짧아 너무 반가웠다. 카스티야와 레온(Castilla Y Leon) 자치지방에 속하는 부르고스는 스페인 고대 왕국의 수도로서 북부 스페인의 가장 큰 도시이다. 팜플로나로 대표되는 나바라 지역과 로그로뇨로 대표되는 리오하 지역과는 달리 부르고스 지역으로 넘어와서는 포도밭을 거의 볼 수가 없다. 끝없이 펼쳐진 메세타 평원에서 구릉은 거의 찾아볼 수 없고, 낮에는 햇볕이 너무 강렬해 포도송이가 자랄 수 없는 환경으로 보인다.

부르고스로 넘어오는 길에 있는 아타푸에르카(Atapuerca)는 100만 년 전에 사용된 인류의 주거지가 발견되어 고고학적으로 중요한 의미를 갖는 곳이라 한다. 그래서인지 여러 명의 순례자들이 유적지 부근에서 사진을 찍고 있었다. 100만 년 전에 이곳에 살았던 사람들은 "무슨 생각을 하며 어떻게 살았을까?"

부르고스 시내로 들어오는 길에는 국제공항이 있어서 공항을 지나는 방법에 따라 두 길로 나뉘는데, 우리는 큰 도로를 택하지 않고 공항 뒤편 작은 길로 돌아서 왔다. 길가에는 각종 공단과 자동차 관련 시설들이 많아 공작기계 제조업 관련 사업을 하고 있는 심 회장이 관심을 갖기도 하였다.

도심은 복잡하고 여러 갈래로 길이 나 있어 어디로 갈까하고 두리번거리고 있는데, 노년의 남성이 다가오더니 "까미노?"하고 물었다. 고개를 끄덕였더니 매우 빠른 스페인어로 무엇인가를 말하였다. 구글 번역기도 그 속도를 따라갈 수 없었다. 친절한 그의 모습에 감사하며 마음만 받기로 하고 구글맵이 가리키는 방향으로 계속 걸었

다. 숙소인 Hotel Maria Luisa는 부르고스 시내 약간 외곽에 있는 곳
인데, 며칠 동안의 잠자리가 불편해서인지 심 회장이 매우 만족해했
다. 사업을 하는 심 회장이 출장을 가거나 여행을 다녔을 때 이용했
던 숙소들은 순례길의 잠자리와는 비교도 할 수 없을 정도로 좋았
을 것이다. "이 길 위의 모든 이들이 평등하다."는 반 네스의 말처럼
처음 만나는 사람들과 한 방에서 불편한 잠자리를 이어오다 보니,
조금 나은 곳에 만족해하는 마음이 생긴 것일까? "앉은 자리가 꽃방
석이다."라고 말씀하셨던 무비 스님의 법문이 생각났다. 스님은 법문
에서 "소 등에 앉아 소를 찾는 어리석음"에 대해 말씀하셨다. "그동
안 소 등에 앉아 얼마나 많은 소를 찾았을까?" 순례길을 걸으며 자
주 생각했던 화두였다.

아름답고 장엄했던 부르고스 대성당

아름다운 만남의 여정 산티아고

부르고스 대성당은 산타마리아(Santa Maria)를 봉헌한 대성당으로 성당과 부속건물들이 모두 완벽하게 고딕양식인 아름다운 성당이다. 13세기에 건축을 시작하여 16세기 중반이 되어서야 완공되었는데, 동시대의 최고 예술가들이 건축에 참여하였다. 그래서인지 바르셀로나의 성가족 성당, 레온 대성당 등과 함께 스페인 국민이 가장 사랑하는 성당 가운데 하나라고 한다. 부르고스 산타마리아 대성당은 1984년 이 도시의 문화유산 가운데서 유일하게 유네스코 세계문화유산으로 지정되었다. 스페인 국토 회복 전쟁(Reconquista)의 영웅 엘시드(El Cid)가 잠들어 있다는 아름다운 대성당을 바라볼 수 있는 자리에 앉아 시원한 맥주 한 잔 마시며 역사적 의미를 되새겼다.

수백 년 전에도 이곳을 지나던 순례자가 바라보았을
아름다운 대성당의 감동을 맥주 한 잔에 담아보았다.

어제 숙소 부근에서 만났던 젊은이들이 알려준 중국 마트가 생각났다. 오랜만에 컵라면이 먹고 싶었는데, 호텔에는 전기주전자 등과 같은 조리시설이 없어서 포기하려다가 호텔 옆에 있는 치킨집이 생각이 나서 일단 컵라면 등을 구입하였다. 호텔 부근 치킨집도 스페인 사람이 운영하는 곳이었는데, 구글 번역기를 이용하여 사정을 설명하고 뜨거운 물과 통닭 한 마리를 주문하였다. 좀 이런 황당한 방법으로 끼니를 해결하는 자유로운 여행을 즐겨본 적이 드문 내 친구 심 회장이 몹시 즐거워하였다.

오랜만에 맛본 우리 소주 맛이 좋았다.

오늘까지 295km를 걸었다. 얼마나 걸었는지가 중요하지 않다고 까스틸델가도에서 만났던 네덜란드인 반 네스가 말했지만, 가족을 비롯한 많은 이들의 응원으로 큰 문제 없이 거의 300km를 걸었다고 생각하니 나 스스로가 대견했다. 비록 멀리 떨어져 있지만 생생하게 들리는 그들의 응원 소리에 힘입어 앞으로 남은 500km도 열심히 걸을 것을 다짐했다.

아름다운 만남의 여정 산티아고

12일 차(4월 20일)
: 부르고스에서 오르니요스 델 까미노(Hornillos del Camino)까지
- 길 위에서 일어나는 일들

    부르고스는 스페인 북부의 큰 도시라 도심을 빠져나오는 데도 거의 1시간이 걸렸다. 도심 끝자락에 있는 부르고스 대학교(Universidad de Burgos) 앞을 지나니 넓은 캠퍼스에 많은 학생들이 등교하고 있었다. 맑고 밝은 얼굴로 서로 대화하며 걷는 학생들을 보니 우리 학생들 생각이 났다.

부르고스 대학교

    지금쯤 중간고사 기간이 되었을 것이고, 학과 실습실과 도서관에서 밤새워 공부하고 있을 것이다. 잠시 멈추어 서서 앞으로 다가올 우리 학생들의 밝은 미래를 위해 마음속으로 기도하였다.

예정보다 하루의 일정을 앞당겨 빨리 걸으니 생장에서부터 같이 걷던 사람들과는 헤어지게 되었고, 한국인이건 외국인이건 새로운 사람들을 만나게 되었다. 이 사람들이 생장에서 출발했다면 우리보다 하루 먼저 출발했을 것이다. 도심을 벗어나 30분쯤 지나니 작은 카페가 나왔고 차를 한잔 마시기 위해 들렀다. 대구에서 왔다는 모녀와 인사를 나누며 서로 건강하게 완주하기를 기원했다. 카페에서 스님처럼 머리를 깎은 한국 젊은이를 만났는데, 스님인 줄 알았더니 천주교 교회의 수사(monk)라고 모녀가 알려주었다. 정말로 간단한 배낭 하나만 멘 채 모든 것을 버리고 길을 나선 젊은 종교인의 모습이 숭고해 보였다.

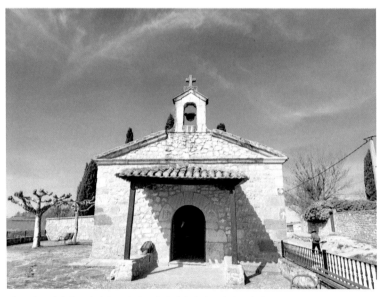

작은 성소 안에서 수녀님이 순례자들이 안전하게 완주하기를 축원해 주었다.

아름다운 만남의 여정 산티아고

커피 한 잔 마시고 다시 길을 걷는데, 작은 성소가 보였고 순례자들이 하나둘 그 안으로 들어갔다. 나도 따라 들어가 보았더니 나이가 들어 보이는 수녀님이 순례자들 한 사람 한 사람에게 성모마리아가 새겨진 목걸이를 나누어 주면서 무탈하게 걷기를 축원해 주고 있었다. 나는 천주교 신자는 아니지만, 그 수녀님의 축원이 너무 고마워서 그녀가 주는 목걸이를 감사하게 받았다.

이 길을 걸으면 많은 사람을 만나는데, 누구든 눈을 마주치면 첫인사가 국적과 언어에 관계없이 "부엔 까미노(Buen Camino)!"이다. 건강하게 순례길을 완주하라는 서로의 격려이다.

길을 걷다 보면 여러 곳에서 십자가를 볼 수 있는데,
대부분 언덕의 정상이나 척박해 보이는 곳에 있었다.

외국인들은 부부가 같이 오지 않으면 대개 혼자 오는 경우가 많은 듯하며, 젊은이들도 있었지만 중년 이후의 사람들이 대부분이었다. 외국인들과 대화를 하게될 때, 그들의 첫 물음은 대개 "어느 나라에서 왔느냐?"이다. 그 후 걸음 속도가 맞으면 이런저런 주제로 대화를 하게 되는데, 짧게는 한두 마디에서 길게는 서로 관심 있는 주제를 두고 토론을 하기도 한다. 오르니요스로 가는 길에서 캐나다 토론토에서 왔다는 노부부를 만났다. 대뜸 본인은 추위를 매우 싫어하는데 너는 추울 때 어떻게 하느냐고 물었다, 한국의 겨울은 몹시 춥지 않아서 활동하는데 어렵지 않기 때문에 불편하지 않으며, 매우 추울 때는 그냥 실내에 있는다고 했다. 토론토의 추위는 상상할 수 없을 정도여서 그들은 가급적 겨울은 미국 플로리다에서 지낸다고 했다. 어휴, 이걸 자랑하려고 힘들게 걷고 있는 사람을 불렀나 하는 생각이 들었다.

오른쪽 발에 작은 물집이 생긴 탓에 조심하며 터벅터벅 걸어가는데, 70대 중반도 넘어 보이는 한국인이 지나가고 있었다. 인사를 하니 어떤 마음으로 이 길을 왔는지 나에게 물었다. 나는 며칠 전 만났던 스페인인 앙커에게 했던 말을 그대로 해주었다. 그분은 미국 시애틀에 거주하고 있는 교포라고 자기를 소개했다. 기독교를 진심으로 믿는 사람인데, 지금껏 살아오며 스스로 했던 말과 그에 따르는 행동이 일치했는가를 되돌아보며 이 길을 걷고 있다고 했다. 돌아가신 형수님이 20여 년 전에 이 길을 걸었는데, 언젠가는 반드시 본인도 한번 걷겠다고 형수님과 했던 약속을 지키려는 마음도 있다고 했다. 생장을 출발하여 이곳까지 오는 동안 누구의 도움도 받지 않았다고 했다. 배낭은 동키서비스를 이용하여 보내고 있고, 알베르게는 전화예약을 하며 걷고 계시니 준비를 많이 하고 오신 듯 보였다. 거의 80살은 되어보였는데, 생전에 버킷리스트를 실천하고 있는 그 어르신에게 존경하는 마음이 생겼다.

우리나라 시골 모습과 같아 정겨웠던 오르니요스 델 까미노 마을

그의 소망대로 길고 긴 여정을 마치고 산티아고 데 콤포스텔라 대성당 앞에 서기를 기원하였다.

오늘 도착한 오르니요스 델 까미노는 조용한 시골 마을이며 수백 년은 되었을 것 같은 집들이 정갈하게 위치해 있다. 오늘은 걸은 거리가 22㎞에 불과해 일찍 도착해서 심 회장과 빠에야로 점심을 먹고 동네 한 바퀴를 산책했다. 고색창연한 집, 창고로 쓰였을 것 같은 집, 그리고 담벼락에 화분을 매달아 치장한 집들 모두 정겨웠다. 알베르게에서는 햇볕이 좋아서 일광욕을 즐기는 사람들, 맥주를 마시며 책을 읽는 이들, 그리고 가족들과 영상통화를 하는 사람들이 모두 각자의 방식으로 휴식하고 있다.

13일 차(4월 21일)
: 오르니요스 카미노에서 카스트로헤리스(Castrojeriz)까지
- 순례길의 한인 민박

    알베르게에서는 많은 사람을 만난다. 어제 저녁 식사에는 이 알베르게를 이용한 사람들 대부분이 참가한 듯했다. 우리 테이블에는 대구에서 온 모녀와 뉴욕에서 온 미국인 여성, 독일에서 온 젊은 여성이 앉았다. 이런저런 이야기에 시간 가는 줄 몰랐는데, 한인 모녀가 영어를 참 잘했다. 엄마가 40대 후반이라는데, 우리들하고는 세대가 참 다르다고 생각했다.

안젤라와 순례길의 일출

젊은 호주 여성 안젤라는 일출 사진을 찍다가 우연히 같이 찍혔다. 사진을 보여주었더니 최고의 사진이라며 이메일로 보내달라고 했다. 한국에는 가보지 않았으나 한국 음식을 너무 좋아하며 특히 김치, 불고기, 김밥 등이 맛있다고 했다. 우리나라의 젊은이들이 서양 문화에 관심이 있듯, 까미노에서 만났던 서양인들도 우리의 문화에 관심이 많았다. 안젤라와 한참동안 같이 걸으며 이런저런 이야기를 많이 했는데, 그녀도 우리나라에 대해 많은 것을 알고 싶어했다.

오늘은 한국 사람이 운영하는 한인 알베르게, 즉 한인 민박이 있는 카스트로헤리스까지 가기로 했다. 거리가 20㎞밖에 안 되어 거리와 시간의 배분에서 좀 맞지는 않지만 그래도 비빔밥, 김밥과 라면 등 한국 음식을 오랜만에 먹을 수 있다는 기대감에 조금 비싸다는 느낌이 들기는 했어도 한국인이 운영하는 알베르게를 예약했다.

일찍 나선 탓에 20㎞를 한걸음에 달려와 오전 11시 30분쯤 알베르게에 도착했다. 반가운 마음에 문을 열고 들어가 "안녕하세요!"하고 인사를 했다. 한국인 주인이 나오더니 인사도 제대로 받지 않고는 12시에 문을 여니 대문 밖에서 기다리라고 했다. 너무 뜻밖이라 배낭이라도 좀 맡겨두고 나가면 안 되냐고 했더니 안된다고 그냥 가지고 나가라고 한다.

오전 9시가 넘어가자 햇볕이 강렬해지더니 땅에서도 열기가 올라왔다. 카스트로헤리스로 가는 길에 있는 온타나스(Hontanas)는 들판 한가운데 있는 마을이다.

아름다운 만남의 여정 산티아고

12시까지 알베르게 밖에서 기다리는 사람들과 각각 7유로씩 하는 김밥과 라면

좀 어이가 없고 불쾌하기도 했으나 알베르게의 규칙이 그렇다니 하는 수 없이 대문 밖에 앉아서 12시가 되기까지 기다렸다. 뒤늦게 따라온 사람들도 대부분 한국인들이었다. 물론 한국 음식을 좋아하는 안젤라도 밖에서 12시까지 같이 기다렸다.

12시에 들어가서 접수하는데 웃으며 맞이해 주지도 않는다. 질문을 하면 말을 끊고 기다리라고 한다. 손님 대부분이 한국 음식이 그리워 이 집을 찾는 한국인일 텐데, 장사 참 못한다는 생각이 들었다. 신라면 한 그릇에 7유로 하는데 물 한잔 얻어 마시기도 힘들다. 그래서 하는 수 없이 맥주를 주문하였다. 물론 스페인식 경영 방법으로는 이게 맞는 일이라 생각했다. 그러나, 한국이라는 내적 정서가 이 알베르게의 이익을 내는 기본 자산이라 이 정서가 바뀌면 난감해질 텐데 하는 생각도 들었다. 주인이 아무리 불친절해도 당분간은 이 길을 걷는 지친 한국인들이 고향의 맛이 그리워 이 집을 찾을 것이다.

저녁 식사 시간을 기다리는 사람들

　순례길을 찾는 사람들의 SNS 소통이 얼마나 빠른데, 앞으로도 오늘처럼 한다면 순례자들이 주고받을 이 집에 대한 반응이 걱정되기도 했다. 저녁 식사는 7시부터 시작한다고 해서 사람들은 각자의 방법대로 휴식을 하였다. 알베르게 뒤로 높은 언덕이 있었고 옛날에 지어진 요새가 있어 다녀오는 사람들도 있었다. 우리도 가벼운 차림으로 알베르게 주변을 한 바퀴를 돌았다. 저녁 7시가 되니 사람들이 식당 밖에서 기다렸다가 주인이 울리는 종소리에 맞추어 입장하였다.

　　　　　　　　　　　　아름다운 만남의 여정 산티아고

저녁 식사로 제공된 14유로의 비빔밥

저녁 식사는 비빔밥이 나왔는데 와인과 물도 같이 나왔다. 앞에 앉은 젊은이는 한국식으로 만든 밥이 먹고 싶어서 지금까지 빠에야도 한 번 안 먹었다고 했다. 이런 마음이 모여 우리가 이곳에 함께 앉아있다는 생각을 했다. 내일 아침에 먹을 작은 컵라면과 빵을 몇 개사 가지고 나오는데, 냄새 때문에 방 안에서는 라면 취식을 금지한다며 문밖에서 먹으라고 한다. 지금까지 스페인 사람이 운영하는 많은 숙소를 다녔지만 한국인이 운영하는 이 알베르게만큼 엄격한 규칙을 가진 곳은 아직 보지를 못했다.

14일 차(4월 22일)
: 카스트로헤리스에서 프로미스타(Frómista)까지
- 끝없이 펼쳐진 메세타 평원

　　6시쯤 일어나 어둠 속에서 어제 저녁 사놓은 컵라면을 알베르게 마당에서 먹었다. 때마침 빗방울도 간간이 떨어지니 나그네 신세가 처량하기도 하였다. 6시 30분쯤 숙소를 나서면서 한인 민박의 단면만으로 판단한 우리의 생각이 잘못되었기를 바라며 심 회장이 한국에서 마련한 기념품 두 점을 방에 놓고 나왔다. 한국의 맛과 편안함을 찾아 이곳에 온 사람들을 대하는 어제와 같은 방식이 진심이 아니길 믿고 싶었다. 아직은 어두운 동네를 한 바퀴 돌아 나오니 노란 화살표가 보였다. 생각보다 동네가 넓어서 카스트로헤리츠를 빠져나오는 데 약 30분 정도 걸렸다.

높은 언덕에 올라 끝없이 펼쳐진 순례길을 보니 인생길 같았다.

　　　　　　　　　　　　아름다운 만남의 여정 산티아고

마을을 빠져나와 오드리야강(Rio Odrilla)을 건너니 비교적 높은 언덕인 모스텔라레스 언덕(Alto Mostelares)이 나타났다. 앞서 걷고 있던 안젤라에게 어제 먹었던 한국 음식이 맛있었냐고 물어보니 김밥과 비빔밥을 먹었는데 비빔밥이 맛있었다고 했다. 어제 저녁상의 비빔밥은 한국에서 먹었던 것과는 비교도 되지 않는 맛이었으나 한국 음식을 좋아한다던 안젤라가 맛있었다고 하니 안심이 되었다.

한참 동안 언덕을 오르는데 자전거를 끌고 올라오는 한국인들을 만났다. 이들은 부르고스에서 레온까지는 자전거를 렌트했고 레온부터는 걷는다고 했다. 부르고스에서 레온(Leon)까지 약 200㎞는 거의 평지로 되어 있으며 메세타 평원이라 불린다. 메세타 평원은 자전거를 이용하여 순례길에 나서는 사람들에게는 편안한 길이다. 그러나 구간에 따라서는 햇볕을 피할 숲이나 나무도 거의 없어 걸어서 순례하는 사람들에게는 참 힘든 구간이다. 이 구간을 아예 버스나 기차를 타고 건너뛰어 이동하는 순례자들도 많다. 프로미스타는 이 메세타 평원의 한가운데 있는 도시이다.

프로미스타로 들어가는 길은 카스티야 수로(Canal de Castilla)를 끼고 있었는데 수로에 비치는 수목들과 구름이 아름다웠다. 마을 입구에 들어서니 마라톤을 하는지 달리기를 하는 청년들이 보였고, 마을 사람들은 작은 배를 타고 강과 같은 수로를 따라 어디론가 가고 있었다.

끝없이 펼쳐진 메세타 평원

아름다운 프로미스타 – 카스티야 수로를 따라 마을이 있다.

아름다운 만남의 여정 산티아고

마을에 있는 에어비앤비에 예약을 원하는 메일을 보냈으나 오늘은 마을 축제가 있어 빈방이 없다고 연락이 왔다. 급한 마음에 몇 군데 알베르게에 메일을 보냈는데 모두 응답이 없었다. 다행히 오늘 아침 한 곳에서 일찍 도착하면 침대를 배정받을 확률이 높다는 답장이 왔다. 거의 쉬지 않고 달리다시피 걸어 온 덕분에 알베르게 앞에 네 번째로 줄을 설 수 있었고, 8명까지 입장할 수 있다는 주인 가브리엘의 결정에 따라 무사히 방을 배정받았다.

Albergue Luz de Fromista의 운영자인 가브리엘은 예술적 재능이 있는 사람으로서 화가라고 했다. 알베르게 곳곳에 그의 그림을 전시해 두었으며 한쪽에는 작업실도 있었다. 가브리엘은 순례자로부터 예약을 받을 때 그가 가진 나름의 철학에 따라 받아 들인다고 하는데, 전화 예약자들에게 '까미노'와 관련한 간단한 질문을 한다고 했다. 하루에도 수십 건의 예약이 밀려오고 있어서 정원의 일부는 우리처럼 부지런히 일찍 오는 사람들을 위해 비워놓는다고 했다. 가브리엘에게도 한국에서 마련한 기념품을 선물했더니 태극 문양이 아름답다며 무척 좋아했다.

프로미스타의 알베르게 앞에서 순서를 기다리던 사람들이 내 트레킹화를 보고 깜짝 놀라워했다. 나도 자세히 보니 신발 양쪽 앞면이 찢어져 있었다. 이곳에 오느라 백화점 매장에서 비교적 비싼 가격으로 등산화 전문 브랜드인 블랙XX회사의 최신형 트레킹화를 구입하였다. 그런데, 한 달도 못 신고 400㎞ 정도밖에 걷지 않았는데 이렇게 찢어져 버리니 트레킹화 품질에 문제가 있을 것이라는 의심이 들었다. 이곳에서 가장 가까운 대도시는 레온인데 100㎞ 정도를 더 가야 한다. 그때까지 비가 내리지 말고 트레킹화도 더 찢어지지 않기를 바랄 뿐이다.

찢어져 버린 트레킹화

　4월 9일 생장에서 출발하여 오늘까지 절반 정도 길을 걸어오면서 처음에는 알지 못했으나, 우리가 지나는 마을에서는 각자의 방식대로 순례자를 환영하고 있었다. 때로는 익살스런 그림으로, 때로는 종교적 의미가 담긴 그림이나 조형물로, 때로는 실제 사람이 나와서 환영하는 경우도 있었다. 지금처럼 통신과 문명이 발달하지 않았던 때 이 길을 지나갔던 사람들의 모습, 옷차림 및 도구들을 표현해 놓음으로써 그 뜻을 기리는 것이라 생각했다.

순례길이 통과하는 대부분의 마을에는 그림을 그리거나 조형물들을 만들어
순례자들을 환영하고 있다.

15일 차(4월 23일)

: 프로미스타에서 깔사디야 데 라 꾸에사(Calzadilla De La Cueza) 까지 - 용감한 한국 아줌마들

    우리가 도착해보니 프로미스타에는 마을 축제가 한창이었다. 연락해 두었던 가브리엘의 Albergue Luz de Fromista에 도착할 무렵 문 앞에서 한국인 여성 세 명이 큰 소리로 우리를 반겨주었다. 우리를 반겨주었던 세 명의 한국인 여성들은 각각 따로 와서 우연히 함께 어울리게 되었다고 한다.

마을 축제 행사인 마라톤 대회에서 한국 아줌마들이 목청껏 큰소리로 응원하였다.

    제일 큰 언니는 광주에서 온 70세, 미국 워싱턴 D.C에서 온 샤샤는 60대 초반으로 보였고, 40대로 보이는 막내는 일산에서 왔다고 했다. 목소리가 워낙 크고 긍정 마인드가 가득 차 있어 동네 마라톤 골인 지점 부근에서 큰 소리로 한국식 응원도 하였다.

"대한민국!!" "대한민국!!" "짝짝짝"

그녀들이 외치는 이 응원 소리를 들으며 동네 마라토너들은 더 힘차게 달렸다.

알베르게 주방에서 만든 저녁 요리
– 한국에서 가져갔던 라면 수프는 약방의 감초와 같은 역할을 하였다.

미국 시애틀에서 오신 어르신과 우리들은 모두 가브리엘의 알베르게에서 함께 지내게 되었다. 이 알베르게는 저녁 식사 프로그램이 없었으나 주방 시설이 좋아 이곳에 묵는 한국인들이 모여 같이 저녁을 만들어 먹자고 했다. 저녁 식사의 화제는 미국에서 온 샤샤가 어떻게 주류사회에서 살아남게 되었느냐 하는 데 초점이 맞추어졌다. 그녀는 40여 년 전인 1980년대 초에 이민을 가서 외교관인 남편을 만나 여러 나라를 돌아다니다 몇 년 전에 수도인 워싱턴 D.C.에 정착하게 되었다고 했다.

메세타 평원은 부르고스에서 레온까지
약 200㎞에 이르는 평지로서 순례자들에게는 제일 걷기 힘든 구간이다.

화제는 학교에서 자식들이 당했던 불합리한 일들을 두고 교장 및 담임 교사에게 항의하여 결국 사과를 받았다는 이야기에서 절정을 이루었다. 나도 미국에서 아이들을 초등학교에 보내 보았지만, 불

아름다운 만남의 여정 산티아고

합리한 처리를 한 교사나 교장에게 세 번 항의를 하고도 시정되지 않을 경우 학부모가 이 사실을 교육 당국에 신고하면 교사나 교장이 불이익을 받는지는 몰랐다. 그녀는 유색인종이 가지는 한계를 본인 스스로 일찍부터 알았으며 그 한계의 유리 천장을 깨기 위해 여러 방면으로 노력해왔다고 한다. 이제는 남편도 본인도 은퇴를 해서 연금을 받아 여행 다니며 편안하게 지낸다고도 했다. 5월 1일 레온에서 남편을 만나 순례길을 같이 걷는다고 하니 그녀에게도 축복이 있기를 기원했다. 광주에서 온 큰언니는 고등학교에서 지구과학 선생님으로 은퇴한 후 최근까지도 마라톤을 완주할 만큼 건강관리를 잘했다고 하는데 한눈에 보아도 건강해 보였다. 그녀에게 나이는 숫자에 불과한 듯하며, 본인의 위치에서 열심히 잘 살았을 것으로 보였다.

찢어진 트레킹화를 신고 37㎞를 걸어 오늘의 목적지인 깔사디야데 꾸에사까지 왔다. 목적지가 5㎞ 정도 남았을 무렵부터 갑자기 비가 내렸다. 자전거를 타고 가던 여성이 내려서 터벅터벅 자전거를 끌고 갔다. 좋은 날씨에는 편하게 빨리 가는 도구였으나 비가 오니 오히려 짐이 되겠다는 생각이 들었다. 그녀와 눈인사를 하고 서둘러 호텔을 향해 빠른 걸음을 옮겼다. 한 시간 이상 비를 맞은 탓인지 오한이 느껴졌다.

며칠 전부터 오른쪽 발바닥에 생긴 물집이 점점 더 커져서 내가 준비해 온 연고나 파스로는 통제할 수 없는 지경에 이르렀다. 오른쪽 발바닥에 부담을 덜 주기 위해 배낭도 며칠 전부터 동키 서비스를 이용하여 보내고 있었고, 두 발바닥에는 바셀린을 더 듬뿍 발랐다. 그러나, 트레킹화가 늘어나서 발바닥 부위를 고정해주지 못하는 상태가 되다 보니 발바닥과 신발의 깔창 부위에 마찰이 날이 갈수록 더 심해지고 있었다. 등산이나 트레킹을 할 때 신발의 선택이 얼마나 중요한가를 나날이 깨달았다. 이미 양말 두 컬레도 구멍이 나버렸다. 이 길이 정말 힘든 길이긴 한가 보다.

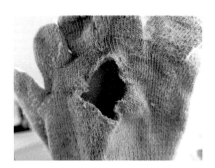

발바닥 부위에 구멍이 나버린 양말.
발가락 양말 위에 겹쳐 신었던 양말도 구멍이 나버렸다.

처음 출발할 때는 오랜 기간 동안 불편했던 허리와 무릎이 고장날까 봐 걱정했었다. 지금까지는 허리와 무릎은 양호한데 생각하지도 못했던 발바닥에 문제가 생겼으니, 한 치 앞도 내다보지 못하는 것이 인생이구나 생각하며 웃었다.

아름다운 만남의 여정 산티아고

16일 차(4월 24일)
: 깔사디야 데 라 꾸에사에서 사아군(Sahagun)까지
- 길에서 만나는 반가움들

프로미스타에서 깔사디야 데 꾸에사로 오는 길에 작은 공원 벤치에 앉아 과일을 먹고 있었다. 커다란 카메라를 메고 걸어가는 외국인과 눈이 마주쳤다. 과일을 나누어 먹자고 하니 좋다며 우리에게로 왔다.

미국인 호세가 보내온 순례길 풍경 사진

그는 고맙다고 하면서 가지고 있던 큰 카메라로 우리를 찍어 주었다. 이메일로 사진을 보내 달라고 하고 주소를 알려주었다. 그는 캘리포니아에 사는 호세(Jose)라고 했다. 순례길에서 작은 과일로 만난 인연에 대해 고맙다는 인사를 곁들이며, 너무 아름답고 좋은 사진을 4장이나 보내왔다.

푸른 하늘을 배경으로 스스로 벽화가 되어보았다.

깔사디야 데 꾸에사는 너무 작은 마을이라 한 바퀴 도는 데 10분도 안 걸렸다고 심 회장이 말했다. 우리는 마을에서 제일 큰 호텔인 Hostal Camino Real에 묵었는데 호텔 레스토랑의 저녁 식사에 많은 사람이 모여 함께 했다. 두 테이블 건너 낯이 익은 일본인 나히루가 보였다. 나히루는 나헤라(Najera) 양갈비 레스토랑 앞에서 우연

아름다운 만남의 여정 산티아고

히 만나 대화를 나누었던 일본인이다. 나는 이 순례길에서 일본인을 본 것이 처음인데, 나히루는 영어를 참 잘하는구나 생각했다. 이날 저녁 나히루는 여러 나라에서 온 순례자 대여섯 명과 어울려 술을 많이 마셨다.

오늘 아침 사아군으로 가는 길에서 나히루를 또 만났다. 우리는 구면이라 서로의 안부를 묻고 나헤라에서 헤어진 지 약 열흘 만에 다시 만나게 된 인연에 대해 신기해했다.

나히루는 40대 후반이나 50대 초반 정도로 보이는데, 1988년 서울올림픽 때 한국을 다녀갔다고 했다. 전자계통 전문가라고 했고 시카고(Chicago)에서 2년 근무했던 인연으로 영어는 곧잘 하는데, 지금은 전 회사를 퇴직하고 새 직장을 구하는 중이라고 했다. 그에게 "영어를 참 잘한다."고 칭찬해 주었더니, 헤드헌터 회사에서 매일 연락이 온다고 했다. 새 직장은 본인이 얼마든지 골라서 갈 수 있으며, 지금은 이 길을 걷는 것이 제일 중요하다고 했다.

나히루는 1988년 서울올림픽 때 한국을 다녀간 이후에는 한국을 방문한 적이 없다고 했다. 본인이 느낀 바로는 1988년의 한국과 지금의 한국은 별 차이가 없는 것 같다고 말했다. 무슨 의도로 그런 말을 했는지는 몰라도 한국에 대한 그의 이미지가 1988년에 고정된 듯했다. 그와 오타니와 손흥민 등 스포츠에 대한 이야기를 하면서 좋았는데, '1988년의 한국' 때문에 좀 어색해졌다.

나는 2000년 미네소타의 베스트 바이(Best Buy)에서 보았던 소니(Sony)와 삼성(Samsung) 그리고, 2012년 뉴저지에서 보았던 소니와 삼성 사이의 위상 차이에 대해 이야기했다. 2000년에 전자제품 전문 매장인 베스트 바이의 맨 앞줄에는 소니가 있었으나, 2012년 베스트 바이의 맨 앞 줄에는 삼성이 있었다. 소니는 세상의 변화에 제대로 대처하지 못했으며 그 결과 세계 IT 시장에서 지금과 같은 위치밖에 유지하지 못한다고 했다. 네가 가지고 있는 휴대폰이 '소니'가 아니라 'iphone'인 것이 지금 일본의 위상이 아니겠냐고 이야기했다. 나히루는 나의 말에 동의했다. 서로 말없이 몇 걸음 걷다가 "그래도 기본 장비(basic parts)는 일본이 최고 수준이다."라고 말하면서 갑자기 속도를 높여 빠르게 앞으로 나가 버렸다. 나는 그와 나눈 이런 이야기들을 곧 후회했다.

마을에 걸려있는 뜨개질로 만든 만국기

아름다운 만남의 여정 산티아고

사아군의 약 10㎞ 전에 있는 모라띠노스(Moratinos) 마을을 지나는데, 세계 여러 나라의 국기가 마을 공원을 둘러싸고 있었다. 자세히 보니 손뜨개질로 한 땀 한 땀 엮은 작품과도 같은 것들이었다. 비록 태극기는 없었으나 뜨개질하는 바늘 하나에 온 정성을 기울였을 마을 사람들을 생각하니 코끝이 찡해졌다. 진심으로 순례자들을 맞이해 준 정성에 고마워하면서 마을을 통과하였다.

순례길의 가운데쯤 있다고 생각되는 지점의 비석에는
순례자들이 각자의 소망을 적은 돌을 얹어 놓고 지나간다.

사아군은 순례길의 가운데쯤 있는 작은 도시인데, 걷기에 지친 많은 사람들이 이 마을 가까이에 있는 조형물에 기념이 될만한 내용의 낙서를 한 작은 돌을 얹었다. 한글로 쓴 돌들도 보였는데, 지난날 함께 걸으면서 맹세했던 인연들이 지금도 잘 살고 있길 바랐다. 사아군은 순례길 800㎞의 절반에 해당하는 400㎞ 정도에 있는 곳으로 시내 어느 성당에서는 3유로의 수수료를 받고 '절반 완주증명서'를 발급해주고 있다고 한다. 지금까지 절반 정도 걸은 것에 대한 보상일 수도 있겠으나, 공식적으로 인정되지도 않는 증명서를 발급한다는 사실이 재미있었다.

사아군에 들어서니 발바닥 물집 전문약국으로 보이는 작은 약국이 있었는데, 나도 물집으로 고생하고 있어 무척 반가웠다.

발바닥 물집 전문 약국 - 이 약국에서 처방했던 방법 때문에
물집이 더 악화하여 한동안 고생했다.

아름다운 만남의 여정 산티아고

숙소인 Hostal Alfonso VI에 여장을 풀어놓고 곧바로 약국으로 달려갔다. 나 같이 물집과 관련한 환자들이 흔해서인지 약사는 유창한 스페인어로 뭔가를 이야기하고는 즉시 구글을 통해 한국어로 번역해주었다. 물집이 발생하는 이유와 그것을 처치하는 방법에 관한 이야기였다. 물집이 생겨 부풀어 오른 피부를 잘라내고 그곳에 자기가 처방하는 연고를 발라야 한다는 것이 그 사람의 일관된 주장이었다. 약사가 처방한 연고와 반창고, 신발 깔창을 50유로 넘게 주고 사 왔다. 심 회장은 부풀어 오른 피부를 정성스럽게 잘라내고 연고를 발라주었다. 그 약사가 알려준 방법을 써도 물집은 없어지지 않았다. 오히려 잘라낸 피부 때문에 새로 돋아나는 생살 부위에 염증이 발생하는 등 말할 수 없을 정도의 고통을 겪었다. 피부를 잘라낸 것이 오히려 증상을 악화시킨 원인이었다는 것이 훗날 렐리에고스(Reliegos)에서 만난 브라질 의사 캐럴라인과 만시야(Mansilla)에서 진료했던 의사의 견해였다.

심 회장과 이런저런 이야기를 하면서 호텔 앞으로 들어서는데 나히루가 보였다. 그는 빨래를 잔뜩 안고 빨래방으로 가면서 우리에게 반갑게 인사했다. 오늘도 같은 호텔에 머무르게 된 것을 보니 이것도 우리들 사이의 시절인연인가 보다 생각했다. 레온으로 가는 길 어디에서든 그를 분명히 다시 만날 것이다. 앞으로 만난다면 오타니와 손흥민에 대한 이야기만 해야겠다.

17일 차(4월 25일)
: 사아군에서 렐리에고스(Reliegos)까지 - 노란 화살표

　　호텔 앞에는 음식점이 여러 곳 있는데 한 곳은 사람이 붐비고 다른 곳들은 거의 손님이 없었다. 손님이 많은 곳인 Confiteria Asturcon, cafe-bar는 젊은 사장이 하는 곳인데, 맥주를 주문하면 반드시 적절한 안주를 함께 주었다. 물론 맥주값에 안주값이 포함된 만큼 약간 비싸게 느껴졌지만 기분이 나쁘지는 않았다.

수인이의 피아노 연주(출처: Youtube 채널 ShimSuin)

　　아침 6시 반쯤 호텔을 나서는데 나히루도 배낭을 메고 나왔다. 우리는 31㎞ 떨어진 렐리에고스까지 갈 예정이라 했더니 본인은 37 ㎞를 걸어 만시야까지 간다고 했다. 잘됐다는 생각에 먼 길이니 먼저 가라고 하고 악수를 청했다.

　　　　　　　　　　　　　　　　아름다운 만남의 여정 산티아고

큰딸 수인이가 본인의 유튜브에 Rachmaninoff Piano Concerto No.2 Op.18을 올렸다. 짧은 연습 버전이지만 몇 번이고 듣고 또 들었다. 내친김에 수인이의 유튜브 채널 'ShimSuin'에 들어가서 차례대로 피아노 연주곡 몇 개를 들으며 한참을 걸었다. 우리 수인이는 뛰어난 과학자이면서도 피아노도 참 잘 치는 연주자이다. 좋은 연주를 들으며 걸으니 힘든 줄도 몰랐다.

산티아고 순례길은 길이가 약 800㎞로 장거리이지만 대부분 자동차가 다니지 않는 산길, 들길을 걸어야 한다. 따라서, 길을 안내하는 표지판을 보는 것이 매우 중요한데, 이것을 놓치면 몇 ㎞를 둘러 가거나 나도 모르게 엉뚱한 곳으로 향하게 된다. 순례길의 기본 표식은 가리비 조개 모양에 노란색 화살표를 함께 표시한 것이 대부분이다. 오 세브레이로 교구 돈 엘리아스 발리냐 (Don Elias Valina, 1929~1989)신부는 산티아고 순례길을 부활시킨 선구자였다. 그는 노란색 페인트로 칠한 화살표를 처음 생각해 낸 사람으로 오 세이브레이로 성당 앞에는 그를 기리는 흉상이 있다. 최근 들어서는 자치단체들마다 조금씩 다른 모양의 표식을 하는 경우도 있고, 산길과 들길이 겹치는 지점 등 복잡한 곳은 주민들이 노란 페인트로 길바닥, 바윗돌, 담벼락에 화살표를 그려서 길을 안내하기도 한다. 때로는 길 가운데에 바윗돌을 모아서 화살표를 만든 경우도 있는데, 만든 사람들의 정성에 고마운 마음이 저절로 들었다. 순례길은 마을도 많이 통과하는데, 화살표를 일부러 순례길과 관련이 없는 골목으로 향하게 하여 그곳의 알베르게나 카페를 이용할 수 있게 하기도 한다. 한 번은 이해당사자가 화살표를 일부러 자기 집 쪽으로 돌려놓은 것을 보았다. 속아서 들어갔던 사람이 검정색 펜으로 그 표지판에 '거짓'이라고 써 놓아 다른 사람들이 속지 않도록 알려주었다.

순례길의 방향을 알리는 다양한 형태의 화살표 표식

아름다운 만남의 여정 산티아고

사람들이 많이 다니는 길가에 서 있는 표지판에는 연인들의 이름이나 사이가 나쁜 사람을 비난하는 욕 등을 써 놓은 경우도 많았다. 시멘트 조형물로 만든 작은 높이의 표식물 위에는 순례자들이 돌을 얹어 그들이 소망하는 바를 기원하기도 한다. 나도 가끔 돌을 얹어 가족의 건강이나 바라는 일들이 이루어지기를 기원했다. 도시 구간에서는 인도 바닥에 가리비 모양의 표식을 철제나 돌, 시멘트 등으로 만들어 눈에 잘 띄게 산티아고 방향으로 가는 길을 알려준다.

처마 아래에 둥지를 튼 제비 가족

렐리에고스로 가는 도중에 있는 작은 마을인 엘 부르고 라노로 (El Burgo Ranero)에도 빈 집으로 보이는 곳들이 많았는데, 어느 집엔 제비 가족이 둥지를 틀고 살고 있었다. 제비는 어릴 때 흔히 볼 수 있는 친숙한 새였는데, 요즘은 본 지가 꽤 오래되었다. 따뜻한 봄이 되면 어디선가 날아와 처마 아래에 집을 짓고 살다가 추운 겨울에는 멀리 '강남'으로 간다고 하더니, 이곳 스페인 순례길에도 날아오나 보다.

마을 입구에 격식을 갖추었으나 비어 있는 집이 있어 들여다보니 돌아가신 분들을 모시는 유택(幽宅)이었다. 우리나라의 납골당과 같은 곳인데, 사람들이 많이 다니는 길가에 있는 것을 보니 이곳에서는 혐오시설이 아니라 '살아있는 사람들과 함께 어울려 사는 집'이라는 생각이 들었다.

길가에 있는 납골당

산티아고 순례길 위에 있는 이 작은 마을에서는 산 사람이든 죽은 사람이든 모두 평등한 순례자였다.

아름다운 만남의 여정 산티아고

18일 차(4월 26일)

: 렐리에고스에서 레온(Leon)까지 - 길었던 하루

렐리에고스 Albergue Las Hadas의 주인인 선(Sun)은 성격이 활달하고 붙임성이 좋은 젊은 여성이다. 우리가 알베르게의 문을 열고 들어가니 한국말로 "안녕하세요!"하고 인사를 했다.

렐리에고스는 하늘이 아름다운 작은 시골 마을이다.

우리가 배정받은 방은 침대가 4개여서 브라질에서 온 여성 캐럴라인과 히타도 같이 쓰게 되었다. 캐럴라인은 젊은 여성이었는데 의사라고 했다. 처음 인사할 때부터 내 발바닥에 퍼진 물집의 상태를 보더니 놀라면서 어떻게 여기까지 걸어왔냐고 걱정하였다. 그녀들과 함께 온 남자 동료 스티븐슨은 건넌방에 있었는데 캐럴라인과 같이 내 발바닥을 치료해 주었다. 사아군에서 약사의 말을 듣고 발바닥의 피부를 잘라낸 것은 잘못된 선택이었다고 몇 번이나 말했다.

　　저녁 식사 시간에 15명 정도가 모였는데, 흰쌀밥에다 콩과 감자가 들어간 국이 나왔다. 국의 맛은 된장이 들어가지 않아 한국의 맛이라고는 할 수 없었으나 콩이 발효되어서인지 꽤 친숙한 맛이었다. 저녁 식사 자리를 주도한 사람은 영국에서 왔다는 73세 노인인 앤더슨이었다. 그는 산티아고 순례길을 6번 완주했으며, 중간에 잠시 몇몇 구간을 걸었던 것을 합치면 모두 7,000㎞ 정도를 걸었다고 했다. 그냥 이 길을 즐기며 사는 건강한 사람 같았다. 4월 말까지 갈 수 있는 곳까지 갔다가 다시 영국으로 돌아가서 친구와 함께 7월부터 팜플로나에서 시작하여 다시 걷는다고 했다.

같은 테이블에 앉아 저녁 식사를 했던 사람들

스티븐슨과 캐럴러인은 저녁 식사를 마치고 방으로 와서도 내 발바닥이 걱정되었던지 다시 보자고 하였다. 그들이 가지고 온 약과 거즈, 붕대를 이용해서 다시 한번 치료해 준 다음 내일 아침에 병원에 가는 것이 좋겠다고 했다. 감염의 우려가 크고 더 악화하면 치료가 힘들어진다는 말에 알베르게 주인 선이 이곳에서 6㎞ 떨어진 만시야에 있는 병원에 아침 8시로 예약해주었다.

스티븐슨은 한국의 '세방전지'와 업무 파트너여서 한국에 가끔 온다고 했고, 한국에서 마셨던 소주가 최고의 술이라 했다. 나는 두 번이나 치료해 준 데 대해서 감사의 인사를 했고, 다음 한국에 올 때는 연락해서 소주 한잔하자고 약속하며 명함을 주었다.

왼쪽부터 스티븐슨, 캐럴라인 그리고 히타.
이들과의 인연은 산티아고 대성당 앞까지 이어졌다.

히타는 조카가 서울에서 모델 일을 하고 있는데 조카의 말을 듣고 상파울루 한인 식당에서 마셨던 소주의 맛을 잊을 수가 없다고 했다. 만약 5월 10일 산티아고 대성당 앞에서 우연이라도 다시 만난다면 한국 식당에 가서 소주를 한잔하자고 약속하였다. 심 회장은 아침 일찍 레온까지 가는 일정을 시작했고, 나는 기다렸다가 택시를 타고 오전 8시에 맞추어 만시야에 있는 병원으로 갔다. 의사 선생님이 먼저 상처 부위를 보고는 담당 간호사에게 뭔가 지시를 했다. 간호사의 이름은 머라고 했는데 그 이름에 웃음이 났다. 머라에게 지난번 사아군 약국에서 받은 약을 보여주었더니 이 약은 여기에 맞지도 않는다고 했다. 그녀도 상처 부위의 피부를 절제한 것이 잘못되었다고 했다.

만시야에 있는 병원(Centro de Salud)

머라는 정성스레 치료해 주었으며, 오늘 치료에도 잘 낫지 않으면 한 번 더 쓰라고 약과 거즈도 챙겨주었다. 머라는 다음 달에 한국에 사는 친구를 만나러 한국 여행을 간다고 했다. 병원비는 여행자

　　　　　　　　　　　아름다운 만남의 여정 산티아고

보험으로 처리가 된다고 했는데 신용카드 디포짓(deposit)도 필요 없다고 했다.

시외버스 터미널에서 버스를 타니 15분 만에 레온에 도착했다. 이렇게 금방 오는 거리를 매일매일 한나절씩 걸어서 지금까지 400㎞ 넘게 왔으니 발바닥에 탈이 날 만도 했겠다. 버스를 타고 온 덕분에 심 회장보다 먼저 레온에 도착했다. 예약한 호텔 근처 카페에 앉아 심 회장에게 연락했더니 레온 입구까지 왔다고 한다. 그의 건강함에 다시 한번 마음속으로 찬사를 보냈다. 호텔 체크인을 한 후, 구멍이 난 발가락 양말과 겹쳐 신은 두꺼운 양말을 버렸다. 프로미스타에 오기 전부터 찢어져 고생했던 트레킹화도 오늘 스포츠 용품 전문 매장인 데카트론에 가서 새로 구입하였다.

고딕양식의 최고봉이라 불리는 레온 대성당

순례길에서 만났던 어떤 사람은 "산티아고 길은 첫 300㎞는 육체로 걷고, 두 번째 300㎞는 정신으로 걷고, 나머지 200㎞는 영혼으로 걷는다."고 말했다. 여기까지 오느라 신발도 양말도 내 발바닥도 모두 나를 위해 영혼까지 바쳤다는 생각이 들었다.

　　어제 저녁 식사를 같이 했던 노년의 익살스런 영국인 앤더슨을 오늘 레온 대성당 앞에서 다시 만나 같이 맥주를 마셨다. 이번 순례 길은 아기가 생기지 않아 고생하던 막내딸이 힘들게 임신했는데 그만 유산을 하게 되었고, 그 슬픔이 너무 커서 막내딸 이름으로 순례자 여권을 만들어 들고 다니면서 세요를 받는다고 했다. 딸의 이야기를 하며 눈물을 글썽이는 모습에 그 슬픔의 깊이를 느꼈다. 저렇게 해서라도 그와 그의 가족이 슬픔을 이겨내었으면 좋겠다.

레온 대성당 내부의 아름다운 스테인드글라스

　　　　　　　　　　　　　아름다운 만남의 여정 산티아고

레온 대성당(Cathedral de Leon)은 고딕양식의 최고봉이라는 평가에 걸맞게 외관만으로도 그 위엄이 장관이었다. 성당 안으로 들어갔더니 125개의 화려한 스테인드글라스가 성당 내부를 화려하게 장식하고 있었다. 스테인드글라스로 표현한 주제는 물론 성경에 나오는 예수의 일생과 성인들의 이야기일 것이다. 아름다운 스테인드글라스는 볼 수 있었으나, 그 아름다움이 말하고자 하는 성경 속 이야기를 잘 모르니 안타까운 마음이 들어 아쉬웠다.

아치형 대형 출입문 위를 장식한 조각

내일까지 레온에서 머문 다음 28일부터 산티아고까지 남은 300㎞를 향해 출발한다. 내일까지 휴식을 취할 내 발바닥도 많이 좋아지면 좋겠다.

19일 차(4월 27일)
: 브라질에서 온 천사들과의 저녁 식사

    레온의 숙소인 Alda Centro Leon은 도심에 있으면서도 값도 비교적 저렴했다. 조금만 걸어 나가면 대성당과 박물관이 있었다. 가우디는 많은 작품과 건물을 대부분 바르셀로나에 남겼다. 그가 바르셀로나 이외의 지역에 작품을 남긴 곳은 산티아고 순례길 위의 도시인 이곳 레온과 아스토르가(Astorga), 그리고 스페인 북부의 소도시 꼬미야스(Comillas) 뿐이라 한다. 이곳 레온에는 까사 보티네스(Casa Botines)를 남겼다.

가우디가 레온에 남긴 작품인 까사 보티네스(Casa Botines)

가우디가 많은 작품을 남길 수 있었던 것은 그의 든든한 후원자인 구엘 덕분인데, 까사 보티네스는 구엘과 친분이 있었던 직물회사의 소유주가 가우디에게 의뢰해 지은 건물이라고 한다. 이 건물은 1891년에 시작하여 그 다음 해에 완공한 것으로 당시로는 레온의 가장 현대적 건물이었다. 지금은 스페인 은행으로 사용 중인데, 창틀의 곡선 모양과 건물의 구도가 한눈에 봐도 가우디 작품임을 알 수 있었다.

레온 대성당의 야경 – 스페인 성당들 가운데 대표적인 고딕양식의 건물이며
외관이 흰색이어서 밤이 되니 더 순수해 보였다.

어젯밤에는 호텔 로비에서 브라질 의사인 캐럴라인과 히타를 우연히 다시 만났다. 수많은 호텔과 알베르게가 레온에 있을 텐데 이렇게 다시 만날 수 있음은 우리들 사이의 짙은 시절인연 덕분이라 생각했다. 내 발바닥 물집을 걱정하고 치료해 준 데 대해 다시 한번 인사했고, 오늘 저녁 시간이 맞으면 호텔 주방에서 우리가 한국 음식을 만들 테니 파티를 하자고 했다. 호텔 프론트에 문의하니 저녁시간 예약자가 없다고 하여 주방과 다이닝룸의 사용을 예약하였다.

레온의 거리는 어느 유럽의 거리 모습과 별로 다르지 않았다. 화려한 조명도 있고, 큰 마트, 바쁘게 걸어 다니는 사람들, 그리고 옛날에 지어진 성곽 등등 순례길 위의 오아시스 같은 곳이다. 대부분 순례자들은 산티아고 대성당까지 약 300㎞쯤 남겨둔 이곳에서 힘들었던 발걸음을 하루쯤 멈추고 쉬었다 간다.

레온 시내에 남아 있는 옛 성의 일부

　　　　　　　　　　　　　　아름다운 만남의 여정 산티아고

오늘 저녁 파티를 위해 호텔 근처 마트에서 야채와 돼지고기를, 중국 마트에서 라면과 소주, 그리고 만두를 구입하였다. 순례길에서 의아하게 생각되는 것들 가운데 하나는 한눈에 봐도 한국인 순례자들의 수가 다른 나라들에 비해 월등히 많은 것 같은데도 대도시에 한인 식당이나 한인 마트가 없다는 것이다. 물론 그 도시에 거주하는 인구가 중국인이나 일본인이 많아서 그럴 것 같기는 하다. 만일 뜻을 가진 한국인이 있다면 한국인 순례자들을 대상으로 하는 사업이 블루오션이 될 수 있겠다는 생각을 하였다.

옛날 순례길을 걸었을 당나귀의 모습이 인상적이었다. -레온 박물관 소장

박물관이 오후 4시에 문을 열기 때문에 호텔에서 조금 쉬었다가 시간에 맞추어 들렀다. 옛날 로마군이 레온에 입성하는 모습을 그린 그림과 무덤에서 출토된 많은 부장품이 전시되어 있었다. 그 가운데

서도 가장 눈에 띠는 것은 옛날 순례자를 도왔던 당나귀에 대한 설명이 있는 조각품이었다.

레온 박물관에 전시된 십자가에 못 박힌 예수님
– 사람들이 어떻게 생각하는가에 따라 예수님의 모습도 다른 것 같다.

출토된 돌 위에 뭐라고 썼는지는 잘 모르겠으나, 힘겹게 걸었을 당나귀의 모습이 안쓰러웠다.

저녁에 라면을 끓이고 만두를 튀겨서 브라질 사람들과 함께 소주를 곁들여 맛있게 먹었다. 의사인 캐럴라인은 내 발을 다시 한번 체크하고 치료해 주었는데, 많이 낫기는 했으나 아직 완치된 게 아니므로 내일 걷다가 통증이 오면 바로 택시를 타라고 충고하였다.

레온 박물관 창을 통해 보이는 레온 대성당의 모습

오늘 하루는 순례길 트레킹을 시작한 후 제일 여유로운 날이었
다. 내 발도 오늘만큼은 힐링하면 좋겠다.

20일 차(4월 28일)
: 레온에서 산마르틴 델 까미노(San Martín del Camino)까지
- 블랙XX 트레킹화 처리하기

어제 저녁 식사는 삼겹살, 만두, 버섯 및 라면에다 소주를 곁들여 준비하였다. 그냥 굽고 기름에 튀겼을 뿐인데도 스페인 고급 음식을 먹는 것보다도 더 맛있었다. 브라질에서는 한국 드라마가 큰 인기이며, 히타도 '더킹'과 '사랑의 불시착'을 재미있게 보았고 현빈의 팬이 되었다고 했다.

순례길 주치의가 된 브라질 천사들을 위해 마련한 저녁 식사

　　　　　　　　아름다운 만남의 여정 산티아고

히타는 "한국 드라마를 보면 술을 마실 때 술잔을 입에 댄 채 머리를 돌리면서 마시는 이유가 늘 궁금했다."고 했다. 나는 "나이 어린 사람이 어른과 술을 마실 때는 머리를 돌리면서 두 손으로 공손히 마셔야 한다."고 대답해 주었다. 이때부터 히타는 공손한 태도로 고개를 돌려 술을 마시는 퍼포먼스를 하였고, 덕분에 우리의 저녁은 더욱 즐거웠다. 그녀는 제주도에 너무 가보고 싶다며 벚꽃이 필 때 한국에 꼭 여행가고 싶다고 했다. 심 회장과 나를 브라질로 초대한다고까지 했는데 실현될지는 미지수이다.

히타는 구글 번역기를 이용해 "가는 길에 우리는 모두 형제입니다"라며 웃었다.

브라질에서 온 천사 같은 귀인들 덕분에 발바닥은 거의 다 나았고, 오늘의 26㎞ 여정도 별 문제 없이 걸을 수 있었다.

지금도 여러 매체를 통해 광고 중인 블랙XX 신상품이 400㎞ 남짓 트레킹을 견디지 못하고 찢어져 버린 것은 분명히 문제가 있다. 아내가 이 신발을 구매했던 백화점 매장에 가서 항의를 했고 복잡한

절차를 거처 신발값을 환불받았다고 했다. 그러나, 심 회장과 나는 이 문제를 환불받은 것으로 끝내버리는 것은 옳지 않은 일이라 생각했다. 이 신발을 만든 제조회사에서는 문제가 발생한 이 제품에 대해 품질 체크를 하지 않고 그냥 지나가 버릴 것이 분명할 것이다. 그렇게 되면 또 다른 소비자가 나와 같은 황당한 일을 겪을 수도 있다는 생각을 했다. 제조업을 하는 심 회장은 소비자들을 대하는 생산자의 마음가짐에 대해 누구보다 더 잘 알고 있었다.

　나는 블랙XX 본사에 전화를 해 이 사실을 알렸고, 내가 신었던 신발을 수거해서 이 제품의 문제점을 잘 파악해 보라고 했다. 그런 과정을 통해 새로운 제품을 만들 때 반영하는 것이 좋겠다고 했다. 블랙XX 회사에서도 이런 일로 해외에서 연락이 온 것은 처음이라 했다. 신발값을 환불받았다고 했더니 그럼 그냥 버리라고 했다. 우리의 취지를 말했더니 이런 일에 대한 업무 메뉴얼이 없다며 다음날 연락하겠다고 하고 전화를 끊었다. 호텔에 맡겨두면 DHL을 통해 수거하겠다고 다음날 알려왔다. 이런 일을 겪고 보니 걸을 때 신발이 접히는 부분의 처리가 그냥 얼핏 봐도 다른 신발에 비해 미흡한 것이 한눈에 보였다.

　그러나, 블랙XX 회사에서 알려준 주소는 서울에 있는 본사 품질 부서가 아니라, 신발을 만든 부산의 하청 회사인 것 같았다. 레온의 호텔에 맡겨 놓았던 신발을 수거했는지, 또 어떻게 처리하였는지에 대해서는 나의 정중한 요청에도 불구하고 지금까지도 아무런 연락이 없다.

길가의 작은 교회로 보이는 곳에 왕관을 쓴 예수님 곁으로 열두 제자가 모여 있는 모습이 보였다.

낮이 되어 30도 가까이 온도가 올라가 힘들 때쯤
여러 나라 국기가 아름다운 작은 카페를 만났다.

오늘부터는 레온의 데카트론에서 구입한 새로운 신발, 새로운 양말을 신고 걷기 시작했다. 발도 편하고 기분도 좋았다. 6시간 정도 걸어서 도착한 산 마르틴 델 까미노 Albergue Santa Ana의 나이 들어 보이는 여자 주인이 우리를 반갑게 맞아 주었다. 그녀는 성격이 호탕해 보였는데 친절한 모습에 심 회장이 준비해간 기념품을 주었더니 너무 고마워했다. 알베르게 근처에 집이 있는 듯 손자 손녀들이 할머니 가게를 찾아왔다. 행복한 웃음을 지으며 달려오는 아이들을 한아름 안아주는 모습이 우리나라 시골 할머니 같아 보여 나도 행복했다. 내 배낭이 동키(donkey)로 왔냐고 물었더니 이 알베르게에서는 당나귀(donkey)는 손님으로 받지 않는다며 크게 웃었다.

산마르틴 델 까미노로 가는 길을 알려주는 화살표
- 푸른 잎을 가진 나뭇가지에 몰래 숨겨놓은 듯했다.

아름다운 만남의 여정 산티아고

21일 차(4월 29일)

: 산마르틴 델 까미노에서 아스토르가(Astorga)까지
- 순례길은 즐기며 걷는 길

산마르틴 알베르게 저녁 식사 자리에는 9명이 모였는데, 동양인은 오늘 새로 만난 손 선생을 포함하여 우리 셋뿐이었다. 서양인들은 프랑스인 부부, 이탈리아인 부부, 네덜란드 및 스위스인 등 모두 6명이었다. 동서양인들이 각각 따로 두 테이블에 앉았다.

알베르게에서 만난 사람들 – 스위스 사람은 먼저 자리를 떴다.

나는 저 여섯 명이 어떤 언어를 사용하여 대화하는지가 궁금했다. 반주로 와인을 몇 잔씩 마시자 동서양으로 갈라진 두 테이블이 하나가 되었다. 우리 테이블에 앉았던 손 선생은 무역업에 20년 종사

했다는데 영어를 참 잘했다.

내가 "여러분들은 어떤 언어로 대화하시냐?"고 물었더니, 프랑스인과 네덜란드인, 스위스인은 영어로, 프랑스인과 이탈리아인은 프랑스어와 이탈리아어를 섞어서 한다고 했다. 이탈리아인이 영어를 못해서 우리를 비롯해서 모두가 영어로 이야기하면 프랑스인이 통역해 주었다.

그들은 모두 각자 이 길을 걷는 의미에 대해 진지하게 이야기했다. 프랑스인인 레엔데커(Leyendecker) 부부는 순례길이 세 번째라고 했다. 첫 번째 길은 이스라엘의 수도 예루살렘에서 출발하여 팔레스타인 사람들이 살고 있는 가자지구(Gaza Strip)와 요르단강 서안(West Bank)을 지나 시리아, 튀르키에, 그리스, 이탈리아 등을 거쳐 프랑스, 스페인 산티아고까지 약 5,000㎞를 걸어서 갔다고 했다. 그가 걸었던 이 믿을 수 없는 노정을 책으로도 출판하였다고 했다.

그가 그 길을 걸으며 겪었던 가장 가슴 아팠던 일은 팔레스타인인들이 살고 있는 곳들을 지날 때였다고 한다. 높은 장벽을 사이에 두고 가족들이 헤어져 자유롭게 만나지 못하는 장면을 보니 과연 이것이 예수님의 뜻인가, 종교와 사랑이라는 것이 이런 것인가 하는 생각에 몹시 회의가 들었다고 했다. 나는 남한과 북한 사이에 존재하는 장벽도 몹시 가슴 아픈 것이며, 이스라엘과 팔레스타인의 문제와는 달리 우리나라의 문제는 외국의 냉전 세력들에 의해 강제적으로 만들어진 국경이라고 했다. 유럽 사람들은 북한이 미사일을 발사하는 것들에 대한 걱정을 많이 했는데, 그건 김정은의 비즈니스적 판단

아름다운 만남의 여정 산티아고

에 의한 것일 뿐, 남한 사람들은 그 문제에 크게 개의치 않는다고 말해 주었다. 그들은 이번 우크라이나 전쟁도 눈에 보이지 않는 미국의 무기 판매와 연관되어 있기 때문에 쉽게 끝나지는 않을 것이라고 말했다.

레옌데커가 이스라엘 예루살렘에서 산티아고 데 콤포스텔라까지 걸었던
약 5,000㎞를 기록한 책의 표지 (출처: amazon.com)

레옌데커는 이번 순례길 이야기도 책으로 출간할 예정이라고 한다. 나는 레옌데커에게 순례길의 의미에 대해 물었다. 그는 "enjoy!"라고 간단히 대답했다. "즐기는 것"이라는 말 속에는 5,000㎞ 순례길의 고난이 고스란히 들어있는 것이라 이해했다. 술 인심이 좋은 알베르게 주인 덕분에 여러 나라의 말을 주고받았던 저녁 식사는 밤늦게 끝이 났다.

아스토르가로 가는 길 – 구름이 하늘을 캔버스 삼아 아름다운 그림을 그렸다.

오늘 아스토르가로 오는 길에 아들이 삼성전자에 다닌다는 스페인인 앙커를 다시 만났다. 앙커는 혼자 걷고 있었는데, 며칠 전 오로니요스 입구에서도 잠깐 마주쳤었다. 내가 내 친구 심 회장을 따라가느라 빨리 걷고 있었는데, 어느 성당 입구에서 커피를 같이 하자고 불렀다. 나는 친구를 만나야 한다고 그의 제안을 거절하였다. 앙커는 그 이야기를 하면서 그때 커피를 마시자고 했던 작은 성당은 중세 기사단들이 머물렀던 의미 있는 곳이었다고 했다. 그러면서 "너무 앞만 보고 빨리 걷는 것은 까미노가 아니다."라며, "옆도 보고, 하늘도 가끔 보면서 지나가는 도시들의 의미에 대해서도 생각해 보며 걷는 것이 좋겠다."고 조언했다.

사막에는 오아시스가 있듯 순례길에는 곳곳에 도네이션 바가 숨어있다.
아스토르가로 가는 길에서 본 도네이션 바에는 각종 과일과 삶은 달걀 등이 있었는데
작은 금액을 기부하고 먹는 곳이다.

"아스토르가는 작은 도시이지만 스페인 사람들이 사랑하는 도시"라며, 가우디(Gaudi)가 바르셀로나 이외에 건축한 작품이 레온에 이어 아스토르가에도 있으니 성당과 주교궁(Palacio Episcopal de Gaudi)을 꼭 가보라고 했다. 그러면서 이제는 이 길을 걷는 이유를 말해 줄 수 있느냐고 물었는데, 나는 산티아고까지 가려면 아직 2주일 남았다고 했다. "발바닥에 물집이 생겨서 고생했는데 알베르게에서 우연히 만난 브라질에서 온 의사 선생이 치료해 주었다."고 했더니, 그는 "까미노에서 천사를 만났다."고 말했다.

아스토르가가 내려다 보이는 곳에 서 있는 십자가.
소박한 모습이었지만 전체 아스토르가 사람들을 품고 있는 듯 사랑스러웠다.

아스토르가는 아름답고 품위 있는 도시로 우리나라의 경주와
같다는 첫인상을 받았다.

골목 몇 개를 지나 예약했던 알베르게에 짐을 풀었다. 알베르게
는 주인이 거주하는 3층 주택이었는데, 1층은 주방, 2층은 주인이 사
는 공간이며 3층에 침대 10여 개를 두고 알베르게로 운영하고 있다.
이 도시의 첫인상처럼 알베르게도 비교적 깨끗하였고, 우리는 일찍
도착한 덕분에 원하는 침대를 선택할 수 있었다. 여장을 풀어두고
점심을 먹을 겸 도시 중심부로 나오니 광장에 펼쳐진 파라솔 아래에
는 사람들로 가득했다.

　　　　　　　　　　　아름다운 만남의 여정 산티아고

아스토르가 시내 중심 식당가에는 순례자들로 보이는 사람들로 가득했다.

가우디가 설계한 아스토르가의 주교궁

가우디가 설계한 주교궁은 작은 규모의 바르셀로나 성가족 성당이라는 생각이 들었다. 그가 추구한 자연의 곡선이 건물 안팎으로 잘 표현되어 있었다. 가우디는 바르셀로나 몬세랏 언덕에 있는 돌과 나무, 그리고 자연의 곡선으로부터 받은 영감을 성가족 성당에 그대로 표현한 바 있다. 아스토르가는 스페인에서 제일 먼저 주교구가 설치된 지역으로서, 아스토르가 주교는 유럽에서 가장 오래된 종교 직책이었다. 가우디는 기나긴 메세타평원이 끝나는 유서깊은 도시 아스토르가에 자연의 아름다움과 아스토르가 주교의 지엄함을 잘 표현한 주교궁을 만들었다.

주교궁 지하에는 바르셀로나 성가족 성당의 지하와 마찬가지로 이 궁전의 설계 및 건축 과정을 자세히 전시하여 놓았다.

자연을 사랑하는 한 사람의 위대한 예술가로 인해 도시와 국가의 품격이 달라질 수 있다는 생각을 하며, 이렇게 아름다운 작품을 보니, 지나가는 도시의 의미도 생각하며 걸으라던 앙커의 말이 옳다는 생각이 들었다. 내가 미처 생각하지 못했던 많은 것들을 깨우쳐주는 앙커야 말로 순례길에서 만난 훌륭한 천사였다.

아름다운 주교궁의 내부

22일 차(4월 30일)

: 아스토르가에서 폰세바돈(Foncebadón)까지

- 동키(donkey) 서비스 이야기

　　아침 일찍 알베르게를 나오면서 아침 식사 시간을 설명하고 알 아듣는 일에 착오가 생겨서 주인 여자와 약간의 다툼이 있었다.

　　우리는 아침 식사 시간을 6시 30분으로 생각하며 주방 냉장고에서 빵과 주스를 가져다 먹고 있었는데, 주인 여자가 갑자기 나오더니 자기 개인의 것을 건드렸다고 큰 소리로 우리를 나무랐다. 아침 식사 시간은 7시 30분이라고 어제 체크인 시간에 이야기했다는 것이다. 나는 그 말을 듣지 못했다고 했더니 "So bad!!"라고 다시 한번 소리를 질렀다.

　　주방에 있는 여러 개의 냉장고 가운데 어느 것이 개인용이고 어느 것이 손님용인지 써 놓는 것이 옳았다고 생각하니 나도 몹시 기분이 나빴다. "순례길에는 이런 사람도 있구나."라고 생각하며, 이것도 까미노의 일부라 생각했다.

　　　　　　　　　　　아름다운 만남의 여정 산티아고

폰세바돈으로 가는 길가의 작은 성소
성소 밖에 한글로 "신앙은 건강의 샘"이라 적혀있었다.

    찜찜한 마음으로 알베르게를 나서 폰세바돈으로 향하는데, 곧 조그만 성소가 보였다. 외부에는 몇 나라 언어로 믿음에 대한 구호가 적혀있는데, 그 중에는 '신앙은 건강의 샘'이란 한글 구호도 있었다. 안에는 성직자가 세요를 찍어 주며 순례길의 평안함을 기원했다. 우리는 순례길 처음으로 1유로를 내고 작은 촛불 하나를 올리면서 그 기원에 감사했다.

폰세바돈 가는 길가 카페에 걸려있는 태극기.
길 가던 많은 한국인들의 발걸음을 멈추게 했다.

폰세바돈은 지표면에서 약 1,440m 정도에 있는 마을이다. 아스
토르가가 약 868m에 위치하니 26㎞에 걸쳐서 해발고도 약 600m를
올라가야 한다. 레온을 지나니 순례자들의 숫자가 확실히 늘었는데,
한국인들도 눈에 더 많이 띄었다. 엊그제 산 마르틴 델 까미노에서의
저녁 식사 자리에 동석했던 네덜란드인은 구글에서 검색해 올해 4월
까지 생장에서 순례자 여권을 받은 사람들의 국가별 통계를 보여주
며 한국인이 857명으로 미국보다 많은 1등이라고 했다. 그 숫자가
잘못된 통계라는 생각이 들었으나 한국인 순례자들의 수는 내가 보
아도 많았다. 대형 여행사까지 산티아고 순례길 상품을 모객 중이니
앞으로 더 늘어날 것으로 생각된다.

정성스레 깎은 지팡이 등 순례길 용품을 파는 동네 주민.
몸은 불편해 보이는 분인데, 용품을 만지는 손에 정성이 가득 담겼다.

그때 저녁 자리에서도 이 순례길에 한국인이 왜 많은지가 대화의 주된 화제 가운데 하나였다. 나를 포함하여 이 길 위에 있거나, 앞으로 이 길을 찾으려는 한국 사람들도 순례길이 가지는 여러 가지 의미를 잘 새기며 걷기를 기원하였다.

산티아고 순례길은 그 길이가 800㎞ 정도 되고 적어도 30여 일에서 40여 일까지 오랫동안 걷는다. 따라서 그날그날의 컨디션에 따라 많게는 10kg에 달하는 배낭을 처음부터 끝까지 메고 가는 사람이 있는 반면, 다음 숙소까지 옮겨주는 시스템(일명 동키 시스템)을 이용하는 사람들도 많다.

동키시스템을 이용하기 위해 알베르게 한쪽에 모아둔 배낭들

　비용은 구간이나 난이도에 따라 다른데 기본 거리 28㎞, 무게 15㎏까지는 6유로이고, 거리와 무게가 더 나가면 추가 요금을 지불해야 한다. 산티아고 순례길에는 두 개 회사가 이 시스템을 운영하고 있는데, 요금을 청구하는 방식은 동일하다. 동키를 이용하고자 할 때는 원하는 회사의 양식에 따라 요금을 넣은 봉투에 다음 목적지의 주소를 적어 본인의 배낭에 매달아두고, 해당 회사에 전화를 하여 본인의 배낭이 있는 알베르게와 목적지 알베르게를 알려주면 된다.(사리아부터는 요금을 4유로로 낮춘 지역 회사가 영업을 하였다.)

Nunca Caminareis Solos 라는 회사의 배낭에 묶는 네임택의 앞뒷면

목적지 알베르게에 예약을 못했을 경우에는 인근 알베르게나 음식점같은 곳에 부탁하여 보내는 경우도 있다.

순례길을 걷다 보면 70살이 넘어 보이는 노인들이 큰 배낭을 메고 힘겹게 한 걸음 한 걸음 천천히 걷는 모습을 자주 본다. 심지어는 허리가 휘어져서 제대로 서 있을 수 있을까 의심이 되는 사람조차 비뚤어진 허리에 배낭을 얹고 걸어가는 모습도 보았다. 그들을 바라보는 나의 마음도 힘겹기는 한가지였다. 그러나, 종교적 신념이 육체적 고통을 감내하고 있다고 생각하며, 그들이 이 산티아고 순례길의 진정한 순례자라 생각했다.

폰세바돈 아래 동네인 라바날 델 까미노(Rabanal del Camino)를 지나다가 시애틀에서 오신 한국인 어르신을 만났다. 그는 이 동네에 한국 음식을 만들어 판다는 알베르게로 짐을 보냈다는데 그 알베르게를 찾지 못하고 있었다. 이곳저곳을 검색해서 Albergue El Pilar를 찾아갔더니 한국인들로 붐비고 있었다. 어르신은 아침에 동키 서비스 회사에 전화하는 것을 잊어버렸다고 했고, 도착한 배낭들 속에 어르신 것은 없었다. 난감해하면서도 동키 서비스 회사에 전화를 걸어 오늘 밤늦게라도 가져다 달라고 부탁하였다니 다행이었다.

Albergue El Pilar에서 한국 음식을 하게 된 계기를 주인에게 물어보았다. 인근 성당에 한국인 수사(monk)가 부임하였고, 이 수사에게 몇 가지 한국 음식의 조리법을 배웠다고 한다. 많은 한국인이 순례길을 지나가는 것을 놓치지 않은 알베르게 주인의 사업수완이 돋보였다. 우리는 오랜만에 맛본 매운 맛에 힘입어 폰세바돈까지의 길고 힘든 언덕길을 단숨에 올랐다.

아름다운 만남의 여정 산티아고

23일 차(5월 1일)

: 폰세바돈에서 폰페라다(Ponferrada)까지 - 철의 십자가(Cruz de Ferro)

아스토르가에서 폰세바돈으로 가는 길은 대부분 오르막 산길을 걸어야 한다. 라바날 델 까미노에서의 5.6㎞ 구간은 자갈과 흙으로 이루어진 길이어서 날씨가 궂은 날은 오르기가 쉽지 않다고 한다. 해발고도가 1,400m가 넘는 곳이다 보니 산길에는 이름 모를 꽃과 고사리 같은 풀이 여기저기 자라고 있었다.

라바날 델 까미노에서 폰세바돈으로 가는 길은 비교적 험한 산길 구간이다.

산길을 힘겹게 올라 폰세바돈 마을 입구에 도착하니 큰 관광버스에서 많은 사람들이 배낭을 메고 내리고 있었다. 다가가서 보니 동양 사람들은 한 사람도 없고 모두 서양 사람들이었다. 내일 새벽에 철의 십자가에 오르려는 사람들이라 생각되었다.

폰세바돈은 해발 1,440m 지점 산기슭에 있는 작은 마을이다. 해발고도도 높고 알베르게의 수도 적다 보니 예약하기가 매우 힘들었다. 우리가 숙박한 Albergue De Monte Irago에서는 저녁 식사 시간이 되기 한 시간쯤 전부터 주인 여자가 리코더를 불고 무명의 연주가가 기타를 쳐서 순례자들의 흥을 한껏 돋우는 이벤트를 하였다.

알베르게 앞에서 악기 소리에 맞춰 즐겁게 휴식하는 사람들

식사를 준비하는 동안 동네를 한 바퀴 돌아보았다. 강한 바람을 이겨내야 하는 마을이어서인지 동네의 건물들은 대부분 돌을 쌓아

아름다운 만남의 여정 산티아고

서 만들었다. 철의 십자가 아래에 있어 유명한 이 마을도 코로나19를 비켜가지 못한 듯 군데군데 비어 있는 집들이 많았다.

식사를 준비하는 직원들도 즐겁고 신나게 서빙을 하여 지친 순례자들의 웃음소리가 알베르게 내에 가득했다. 알베르게 저녁 식사는 한 테이블에 6명이 앉아서 했는데, 우리 테이블에는 꽃분이 엄마 아빠, 대만인 여성, 그리고 독일 젊은 남성이 같이했다. 독일 남성은 배낭을 동키 서비스로 보내고 비야반테(Villavante)에서 이곳까지 약 50㎞를 걸어왔다고 했다. 하루에 50㎞를 걸은 그의 체력에 우리 테이블 사람들은 박수를 쳤다. 독일 남성에게 우리의 축구 국가대표 감독이 독일 축구 스타 클린스만(W. Klinsmann)이라고 하자 묘하게 웃었다. 웃는 이유를 물으니 "클린스만은 현역일 때는 훌륭한 스타 플레이어였는데, 감독으로는 좋은 선택이 아닌 것 같다."며 본인 생각을 말했다. 나도 K-리그를 자주 직접 관전하는 축구팬의 한사람으로 클린스만의 지도자로서의 자질을 의심하는 독일 젊은이의 말에 공감이 갔다.

철의 십자가

아름다운 만남의 여정 산티아고

이 마을에서 30분 정도 올라가면 폰세바돈의 최고봉인 1,504m 의 표식이 나오고, 산티아고 순례길의 대표적 상징물인 '철의 십자가' 가 우뚝 서 있다. 우리도 아침 6시 30분쯤 출발하였는데 일찍 온 몇 몇 순례자들이 각자의 방식으로 십자가에 머리를 댄 채 간절히 기도 를 하고 있었다. '철의 십자가' 아래에는 수많은 사람들이 마음을 담 아 남겨놓은 사진, 물품, 기도문 등이 여러 겹으로 쌓여 있었다. 마침 한국인 순례자가 있어 서로 사진을 찍어주었다. 우리도 철의 십자가 에 손을 대고 우리 주위의 모든 일들이 원만하게 이루어지기를 마음 속으로 기원하였다. 철의 십자가에서 내려오다가 뒤돌아보니 사진 을 찍어주었던 한국인 순례자도 십자가 바닥에 머리를 대고 간절히 기도하고 있었다.

일출과 철의 십자가

그의 기도하는 모습이 일출과 합쳐져 성스럽게 보였다. 그가 저렇게 간절히 바라는 소망 또한 이루어지기를 마음속으로 기원했다. 폰페라다는 해발 550m 정도에 있는 비교적 큰 도시이다. 어제와는 반대로 해발 1,504m에서 550m까지 꼬불꼬불 산길로 내려오는 과정을 거쳐야 했다. 순례길 정보를 제공하는 그론세 닷컴(gronze.com)의 평가로는 난도 3점(피레네산맥을 넘는 길은 5점) 정도인데 경관은 비교적 아름다워 4점인 코스이다.

폰세바돈에서 폰페라다로 가는 길은 끝없는 내리막 산길이다.

내려오는 길은 워낙 험하고 돌도 많아 발바닥과 무릎을 조심해야 한다는 마음이 앞서서 조마조마하기까지 했다. 이름 모를 산들이 첩첩이 둘러 있어 내가 서 있는 이곳도 그냥 그대로 깊은 산속이었다. 흰 꽃잎에 빨간 반점이 있는 예쁜 꽃은 시스투스 라다니페르

아름다운 만남의 여정 산티아고

(Cistus ladanifer)라고 하는데, 앙커의 말로는 스페인 사람들도 사랑하는 꽃이라 했다. 냄새도 좋다며 작은 꽃봉오리에 손을 문질러 내 코에 갖다 대었다. 산을 덮고 있는 이름 모를 갖가지 꽃들과 오래된 고목, 풀, 넝쿨 그리고 그들과 함께 사는 동물들을 보고 또 보며 한 걸음 한 걸음 내려왔다.

시스투스 라다니페르(Cistus ladanifer)

약 20㎞에 달하는 내리막길을 내려와 작은 마을의 카페에서 한국인 한 분을 만났다. 철의 십자가 앞에서 우리의 사진을 찍어주고 본인도 십자가에 간절히 기원하던 사람이었다. 같은 심씨(沈氏)였으며 중학교 교장 선생님으로 올해 은퇴하고 자유로운 몸이 되어 이 길에 나섰다고 했다. 함께 온 친구 네 명이 모두 올해 교장으로 은퇴한 대학 동기라고 했다. 건강하게 정년을 한 친구들이 퇴임 후에 제일 먼저 찾은 곳이 바로 이 순례길이라 했다. 그는 은퇴할 무렵에 역사문화 관련 해설사 자격증을 취득하여 서울 시내 고궁 등에서 해설하는 일을 취미로 한다고 했다.

그에게 철의 십자가에서 간절하게 기도했던 이유를 물었다. 그는 순례길에서 만났던 여러 인연들의 이야기를 들으며 공감의 눈물도 많이 흘렸다고 했다. 이번 순례길에서 건강 상태가 그리 좋지 않은 60대 초반의 한국인 여성과 며칠 동행하게 되었다고 했다. 그 여성은 수년 전에 아버지를 여의었는데, 돌아가시기 직전까지도 제대로 돌봐드리지 못했다고 했다. 나이가 드니 아버지께 죄송한 마음이 깊어져 아버지의 유품을 들고 철의 십자가 앞에서 회개하려는 마음으로 순례길에 나섰다고 했다. 건강하지 못한 상태라 산티아고 대성당까지는 못가더라도 철의 십자가까지는 꼭 오고 싶었다는데, 그녀와는 중간에서 헤어졌다고 한다. 그가 철의 십자가 앞에 서니 그 여성이 생각이 났다고 했다. 그도 비록 기독교 신자는 아니지만, 그 여성이 이곳까지 건강하게 순례해서 부친의 유품을 십자가 아래에 묻을 수 있도록 진심으로 기도했다고 한다. 그도 돌아가신 부모님과 어릴 때 키워주신 할머니가 생각이 나서 함께 기도했다고 한다. 다른 사람들의 이야기를 듣고 함께 눈물을 흘릴 수 있는 그 고운 마음이 아름다워 보였다.

　심 선생님과는 각자 숙소의 방향이 달라 폰페라다 시내에서 시원한 맥주 한잔으로 작별 인사를 했으며 이 길에서 다시 만날 것을 약속했다.

　　　　　　　　　　　　　아름다운 만남의 여정 산티아고

24일 차(5월 2일)

: 폰페라다에서 비야프란카 델 비에르소(Villafranca del Bierzo) 까지 - 스페인 하숙

폰페라다는 비교적 규모가 큰 도시여서 아침 일찍 출근하는 사람들도 많이 보였다. 도시지역에서는 순례길의 표식을 찾기가 상대적으로 힘들어서 이곳저곳 살피고 있는데, 시외버스 터미널 앞에서 한 중년여성도 순례길 화살표를 찾으러 두리번거리고 있었다. 지난해 9월 이곳에서 순례를 멈추었는데, 오늘 이곳에서 다시 시작하려 한다고 했다.

비야프란카 델 비에르소 지역의 포도밭,
농부들이 포도나무를 손질하고 있다.

폰페라다에서 비야프란카로 가는 길은 온통 포도밭이었다. 트레킹을 시작할 때의 나바라 지역과 리오하 지역도 끝없이 펼쳐진 포도밭에서 생산된 포도로 각각 나바라 와인과 리오하 와인을 만들었다. 그때는 아직 잎이 자라지 않은 포도나무만 있어 다소 을씨년스러웠었는데, 지금은 날씨가 따뜻해져서 포도나무에도 푸른 잎사귀가 만발했다. 포도나무 줄기를 손질하는 농부의 손길이 바삐 움직인다. 이 지역에서 생산된 포도로 와인을 만드는 대표적인 와이너리는 '로사다 비노 드 핀카(Losada Vinos de Finca)'라는 브랜드이다.

옛날 사람들이 포도알에서 포도즙을 짜낼 때 사용했던 도구

이 지역을 지나오면서 와인에 관련된 문화재들을 곳곳에서 볼 수 있었다. 커다란 나무를 깎아서 만든 도구에 여러 사람들이 매달려 숙성된 포도에서 포도즙을 추출하는 도구는 그 원리가 신기했다. 추출한 포도즙을 보관했을 것 같은 커다란 옹기도 쉽게 볼 수 있었다.

포도즙을 짜낼 때 사용했던 도구를 설명한 그림

비에르소 지역의 대표 브랜드인 Losada 와이너리

비야프란카 델 비에르소는 비에르소라고 줄인 이름으로 더 친숙하게 불리는 곳으로 드넓은 포도밭 가운데 위치한 작은 마을이다. 소담하게 생긴 마을로 들어오는 입구의 성(城)에는 '용서의 門'이 있다. 열악했던 시절에 갖은 병마를 견디고 이곳까지 온 순례자가 '철의 십자가'에 경배한 후 이 문을 통과하면 산티아고까지 가지 않더라도 순례를 마친 것으로 인정하라고 교황 칼릭토스 3세가 명령했다고 한다.

용서의 문

　오늘 구간은 약 24㎞로 비교적 짧았으나 체감온도가 35℃를 넘는 무더위어서 순례자들이 모두 기진맥진 걸었다. 같이 속도를 맞추어 걷던 스페인 여성도 "덥다, 더워~" 하면서 연신 물을 마셨다. 비에르소 마을 입구 카페에서 무더위에 지친 많은 순례자들이 맥주를 마시며 가쁜 숨을 달래었다. 우리도 그곳에서 맥주 한잔을 곁들인 점심을 먹고 예약한 Albergue Viña Femita를 찾아갔다. 이 곳엔 아름드리 등나무가 늘어져 있는 마당이 있는데, 알베르게에 모인 순례자들도 등나무 아래 삼삼오오 앉아 와인이나 맥주를 한 잔씩 들고 서로 담소하고 있었다. 오늘 저녁은 알베르게에서 순례자 식단을 신청했는데, 이 지역 와인이 같이 나온다니 기대가 되었다.

　이곳은 몇 년 전에 tvN에서 방송했던 '스페인 하숙'의 촬영장소

아름다운 만남의 여정 산티아고

가 있어 한국인들에게도 잘 알려진 곳이다. 지금은 성당에서 운영하고 있었고, 유해진 등 배우들이 드나들던 출입문은 폐쇄되어 있었다.

'스페인 하숙'을 촬영한 곳으로 지금은 성당에서 운영하고 있다.

물과 과일 등 내일 먹을 것들을 마트에서 사 가지고 오는데, 처음 보는 한국인 모녀가 반갑게 인사하면서, "우리는 스페인 하숙에 묵어요."하고 자랑했다. 숙박비가 얼마냐고 물었더니 "한 사람에 10 유로예요."하고 웃으면서 답했다.

25일 차(5월 3일)

: 비야프란카 델 비에르소에서 오 세브레이로(O Cebreiro)까지

- 하늘과 가까운 마을 오 세브레이로

　　비야프란카 델 비에르소에서 오 세브레이로까지는 트레킹 후반
부의 가장 어려운 구간이다. 순례길의 정보를 제공하는 그론세 닷컴
에서도 피레네산맥을 넘는 구간의 난도 5점 이후에 제일 높은 난도
인 4점을 부여할 정도이다.

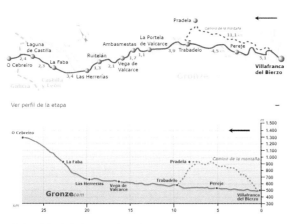

비야프란카 델 비에르소에서 오 세브레이로 구간에 있는 마을과 해발 고도(출처: gronze.com)

　　오늘 걸어야 하는 순례길의 구조를 보면 비야프란카에서 라스
에레리아스(Las Herrerías)까지 약 20㎞는 평탄한 길로 무더위와 싸우
며 도로 옆을 걷는 구간이다. 20㎞ 지점에서 28㎞ 지점까지는 해발
700m에서 1,300m까지 높이 약 600m를 8㎞에 걸쳐 올라가야 한다.

　　　　　　　　　　　　　　아름다운 만남의 여정 산티아고

아침 6시 반쯤 출발하여 4시간을 넘게 찻길을 따라 걸어도 도로 구간을 벗어나지 못했다. 걷는 동안 도로 옆을 흐르는 시원한 시냇물 소리는 무더위와 따분함을 잠재우는 청량제 구실을 하였다. 산티아고 순례길 대부분은 포도, 보리, 유채 등을 재배하는 농업지역을 통과하는데, 스페인 사람들은 작은 시냇물이라도 수로(水路)를 잘 만들어 이곳저곳에 배분하는 등 물을 효과적으로 잘 이용한다는 생각이 들었다.

작은 개천에 설치된 치수 시설. 물의 흐름을 잘 이용하여 농사를 짓고 있었다.

우리는 엄청난 오르막 8㎞의 구간이 시작되기 직전의 마지막 마을인 라스 에레리아스의 작은 카페에 앉아 맥주 한 잔으로 각오를 다졌다.

방목하는 소들의 이동

라스 에레리아스에서 3.4㎞를 오르면 라 파바(La Faba)가 나오는데 주위는 대부분 목축업을 하는 곳이라, 곳곳에 소나 양들을 키우는 목장이 많았다. 목장주들이 소들을 이동할 때, 주로 사람들이 다니는 길을 이용해서인지 순례길 곳곳에 소의 배설물이 널려 있었다. 더운 날씨에 소의 배설물에서 발생하는 냄새는 지독했다. 이 냄새를 맡으며 라 파바까지 쉬지 않고 오르니 숨이 목에 걸리는 듯 힘들었다. 그늘에 앉아 물을 한 모금 마신 후 오르막 길 2.3㎞를 더 걸어 라구나(Laguna)에 도착했다.

많은 순례자들이 이 코스의 정상인 오 세브레이로까지 한번에 오르기 힘들기 때문에 이곳 라구나에서 1박을 하는 경우가 많다. 경사가 있는 작은 마을인 이곳에는 사람들로 넘쳤으며, 소를 키우는 목장에서 나는 냄새는 온 동네를 뒤덮고도 남았다. 길도 좁고 이동 수단도 마땅하지 않은 듯 동네 주민 한 사람이 말을 타고 어디론가 떠나는 모습도 보았다. 라구나에서 오늘의 목적지인 오 세브레이로까지는 2.4㎞의 거리인데, 정상에 이르러서는 들꽃이 만발한 평지가 나타났다. 나는 이제야 사방을 둘러볼 여유를 가졌으며 이곳까지 무사히 올라 올 수 있었다는 것에 안도하였다.

라구나를 지나 오르막 길을 한참 오르니 들꽃이 만발한 평지가 나타났다.

이 길을 걷는 많은 사람들은 이 코스가 너무 어려워서 마지막 급경사 구간은 택시를 타고 올라오는 경우가 많다고 하는데, 그래서인지 길가 곳곳에 택시회사 광고 전단지가 많이 보였다.

길가에 만발한 고사리

라스 에레리아스에서 이곳까지 약 8㎞에 이르는 산지 곳곳에는 고사리가 만발한 곳이 많이 있었다. 여러 나라 사람들마다 식성이 다르니 우리나라에서 귀한 대접을 받는 자연산 고사리가 이곳에서는 눈길도 못 받는 평범한 풀에 불과했다. "고사리도 뿌리를 내린 곳과 시절인연이 맞아야 제대로 대접받나 보다."라고 생각하니 재미있었다.

이곳 오 세브레이로 지역은 광활했던 카스티야와 레온(Castilla y

아름다운 만남의 여정 산티아고

Leon) 지방이 끝나고 갈리시아(Galicia) 지방이 시작되는 곳이다. 산티아고 데 콤포스텔라도 행정구역으로는 갈리시아 지방에 속하니 이제 이 순례길의 종점도 멀지 않다는 생각이다.

오 세브레이로는 가톨릭교회에서 '성배와 성채의 기적'으로 유명한 마을이라고 한다. 산티아고 순례길에서 흔히 볼 수 있는 노란색 화살표 표시를 처음 만든 사람인 돈 엘리아스 발리냐를 기리는 조형물도 있다.

오 세브레이로 광장에 있는 알베르게. 1층은 기념품점이고 2층은 알베르게이다.

오 세브레이로는 워낙 조그마한 마을이라 우리는 그곳에 있는 알베르게를 예약하지 못했다. 북동쪽으로 약 4㎞ 떨어진 페드라피타 도 세브레이로에 있는 숙소를 예약했는데, 그곳까지는 택시를 타

고 갔다. 내일 아침에 다시 오 세브레이로로 돌아와서 순례길 여정을
시작할 계획이다.

아름다운 만남의 여정 산티아고

26일 차(5월 4일)

: 페드라피타 도 세브레이로(Pedrafita do Cebreiro),
오 세브레이로, 트리아까스텔라(Tríacastela)까지
- 길 위의 한국 음식

페드라피타 도 세브레이로 숙소인 Casa Pazos의 주인은 젊은 여성인데 매우 친절했다. 우리와 이야기할 때는 천천히 영어로 말했지만, 스페인 사람과 이야기할 때는 시속 300㎞ 정도 빠른 속도의 스페인어로 말했다. 저 속도의 말을 정상적으로 알아들을 수 있다는 사실이 놀라웠다.

경찰관의 말에 따라 우회도로로 돌아가는 길

오늘 아침에 페드라피타 도 세브레이로에서 오 세브레이로까지 다시 와서 순례길 트레킹을 하기 위해 6시 반에 호텔에서 나왔다. 아직 일출 전이라 깜깜한 길을 구글맵이 안내하는 방향으로 헤드랜턴을 비추어 가며 조심조심 걸어가고 있었다. 그때 길 앞쪽에서 순찰차가 다가오더니 영어를 할 수 있는지 물었다. 가능하다고 했더니, "이 길은 언덕도 있고 절벽도 있어서 어두운 길을 가기에는 위험하므로, 오던 방향으로 다시 내려가서 왼쪽 도로를 이용하는 것이 좋겠다."고 했다. "왼쪽 도로가 1㎞ 정도 더 멀지만 쉬운 길이어서 도착 시간은 별 차이가 없다."고 했다. 까미노에는 곳곳에 천사들이 숨어있다고 하더니 이 경찰관들이 오늘의 천사라는 생각이 들었다. 칠흑같이 어두운 곳에서 갑자기 나타나 길을 안내했고, 제대로 가는지 확인이라도 하려는 듯 경광등을 켜고 우리 앞을 지나갔다.

큰 도로를 따라 1시간쯤 걸으니 오 세브레이로가 나타났고, 동네에 들어서자 며칠 전 산마르틴 델 까미노에서 늦게까지 술을 마시며 어울렸던 이탈리아인 부부를 우연히 만났다.

그들은 우리가 선물로 준 기념품을 내보이며 반가움을 표현하였다. 오늘은 날씨가 좋지 않아 먹구름 낀 하늘에 오전 내내 비가 오락가락하였다. 순례길 트레킹을 시작한 지 26일째이지만 비다운 비를 만난 적이 없어 행운이라 여겼는데, 오늘 드디어 비를 만난다는 생각이 들었다. 이런저런 걱정을 하고 걷다가 어느 마을 카페에 들러 뜨거운 물 한 잔을 주문해 한국에서 가지고 간 보리차를 타서 마시니 오한이 들었던 몸이 조금은 풀렸다.

아름다운 만남의 여정 산티아고

비구름이 하늘에 가득했다.

돌담에 가득한 이끼를 보니 이 지역은 비가 자주 내리는 곳이라는 생각이 들었다.

목적지인 트리아까스텔라를 목전에 두고 점심을 먹기 위해 한국 맛이 나는 시래깃국을 판다는 피요발(Fillobal)의 레스토랑 Aira do Camino를 찾았다. 식당 앞에는 서툰 한글로 '시래기국'이라 적혀있었다. 반가운 마음에 식당 문을 밀고 들어갔더니 젊은 여자 주인이 한국말로 "안녕하세요!"하고 인사를 했다. 갈리시아(Galicia) 지역의 향토 음식에 해당하는 깔도 가예고(caldo gallego)는 우리나라의 시래깃국과 비슷하게 생겼다. 까미노 길에 있는 스페인인이 운영하는 이 식당에 한국인들이 드나들면서 한국인의 입맛에 맞게 이 음식을 만들도록 누군가가 가르쳐 주었다고 주인이 말했다. 원래 스페인의 깔도 가예고 차림에 없는 밥과 고춧가루도 함께 제공함으로써 이 지역의 향토 음식이 이 식당에서만큼은 한국인의 입맛에 맞는 시래깃국으로 재탄생한 것이다. 값도 4.5유로로 착해서 나도 뒤따라오는 여러 한국인에게 소개하였다.

서툰 한글로 쓴 간판과 우리나라의 시래깃국으로 재탄생한 깔도 가예고

산티아고 순례길에 한국인들이 늘어나면서 한국인의 입맛에 맞추려는 현지 주민들의 노력이 눈에 보인다. 이러한 노력이 다른 식당들과 차별화하려는 정성과 맞물려 순례길을 돋보이게 한다.

아름다운 만남의 여정 산티아고

오늘의 숙소인 Albergue Atrio에 여장을 풀고 비가 그치기를 기다렸다가 동네 마실을 나가던 중 마트에서 처음보는 한국인 부부를 만났다. 그들은 알베르게에서 거의 식사를 만들어 먹는다고 했다. 오늘 그들이 저녁 식사를 위해 준비하는 것들을 유심히 보았다. 냉동 빠에야와 파스타, 구이용 고기류, 과일과 맥주였다. 우리도 알베르게 주방에 조리 시설이 있으니 그들과 비슷하게 장을 보기로 했다. 스페인 컵라면에 준비해 간 신라면 수프를 뿌리니 한국의 맛이 났다.

오늘 이 알베르게에서 앙커를 다시 만났다. 앙커는 진지한 순례자답게 한 손에 성경처럼 보이는 책을 들고 있었다. 저녁 식사를 어떻게 하냐고 물었더니 동네 카페에서 하겠다고 했다. 내일 사리아에서 부인을 만난다고 한다. 이제 순례길에서 부인도 같이 볼 수 있겠다고 했더니 좋아했다. 그를 이곳에서 마지막으로 보았다. 이곳 트리아까스텔라를 떠난 후에는 만나질 못했으니 부인과 만난 사리아에서 하루 쉬었나 보다. 그에게 "너는 왜 산티아고 순례길을 걷는가?"에 대해 답을 이제는 할 수 있을 것 같은데, 정작 그를 만나지 못해 내내 아쉬웠다.

27일 차(5월 5일)

: 트리아까스텔라에서 사리아(Sarria)까지

- 만나면 헤어지는 인연에 대하여

    트리아까스텔라에서 사리아로 향하는 길은 두 갈래로 나뉘었다. 하나는 사모스(Samos)로 둘러 가서 약 25㎞를 걷는 길과 지름길로 가서 약 18㎞만 걷는 길이다. 우리는 다소 힘이 들더라도 스페인에서 유서 깊은 청정 수도원이 있는 도시 사모스를 지나는 길을 택하여 걷기로 하였다.

두 갈래길 – 숫자는 두 길이 만나는 지점까지의 거리이다.

    거리가 멀고 힘이 들어서인지 이 길을 택하여 걷는 순례자들은 거의 없었으나, 산길을 따라 걷는 길 자체는 아름다웠다. 약 10㎞를 걸으니 사모스 수도원이 나왔다. 수도원에 들어가 보지는 못했으나 자연과 어우러진 풍광 그 자체만으로 엄숙함이 느껴졌다.

유서 깊은 사모스 수도원

이 수도원의 정식 명칭은 산훌리안 수도원(Monasterio de San Julian de Samos)이라고 한다. 6세기 경에 설립된 이후 여러 교단들 사이의 관계와 역사적 부침에 따라 많은 변화를 겪었으나, 지금은 베네딕토회 산하의 수도원이 되었다. 성직자들과 수도자들이 기도하는 곳인 동시에 신학과 철학을 연구하는 학교로서의 기능을 다하고 있는 곳으로 유명하다고 한다. 우리도 수도원 앞에 있는 카페에 앉아 차 한잔으로 그 역사적 의미와 역할에 경의를 표하였다.

아주 작은 규모의 성당(교회)들이 마을마다 있는 풍경이 갈리시아 지방의 길을 걸으면 볼 수 있는 익숙한 모습 중의 하나이다. 대부분의 성당이 공동묘지와 함께 있는 모습도 흥미로웠다. 작은 마을에서 태어나 그곳에서 살다가 죽어서 그 마을에 묻히는 이곳 스페인의 시골 동네 보통 사람들의 모습이 그려졌다.

시빌에 있는 카페를 겸한 예쁜 알베르게 Fonte das Bodas Pensión

이 길의 끝자락에 있는 시빌(Sivil)에는 예쁘기로 소문난 까페를 겸한 알베르게 Fonte das Bodas Pensión이 있는데, 그곳에 들렀다가 비교적 잘 차려입은 한국인 중년 아줌마 셋이 있는 것을 보았다. 그들 중 한 명은 유창한 스페인어로 주인과 대화도 했다. 순례길을 걷기 위해 3개월간 스페인어를 공부했다는데, 그 실력이 보통이 아니었다. 우리가 언어에 익숙하지 않다고 생각했는지 우리를 대신해

아름다운 만남의 여정 산티아고

서 주문해 주는 친절을 보였다. 우리가 주문했던 음식이 나오는 것을 보고 다음에 길에서 만날 것을 서로 기대하며 떠났다.

사모스를 지나 사리아로 오는 길은 예쁘고 소담한 동네들을 많이 지났다.

사리아(Sarria)는 산티아고 대성당에서 약 100㎞ 떨어진 도시이다. 100㎞ 이상 걸으면 순례길 완주 증명서를 발급한다고 하니 이곳에서 출발하려는 사람들이 많이 모여 도시는 늘 사람들로 붐빈다. 한국의 여행사에서도 단기에 완주 증명서를 발급받기 원하는 사람들을 겨냥한 상품들을 많이 개발하여, 일주일 정도의 일정으로 오는 여행객들을 모집한다고 한다. 최근 들어 이 일정에 참여하는 한국의 순례자들이 많이 늘었다고 한다. 사리아는 100년이 넘는 유명한 로컬 빵집인 빠나데리아 빠야레스(Panadería Pallares)가 있어 빵을 좋아하는 사람들이 찾는 도시이기도 하다. 멀리 둘러서 오는 길과 짧게 오는 길이 만나는 곳인 아기아다(Aguiada)에서 순례길을 걸으며 여러 번 만났다 헤어지곤 했던 사람들을 다시 만났다.

사리아는 산티아고 대성당에서 약 100㎞ 떨어진 곳에 있는 도시이다.

　800㎞에 달하는 순례길이 인생길이라 생각하면 이들을 만났다 헤어지기를 반복하는 것은 당연하다는 생각이 들었다. 꽃분이네 가족도 두 길이 합류하는 바로 그곳에서 극적으로 다시 만났다. 못 봤던 동안의 일들에 대해 반갑게 이야기하던 도중 프로미스타에서 만났다 헤어졌던 광주 출신 70대 큰언니도 만났다. 우리는 너무 반가워서 나머지 두 동생들의 안부를 물었다. 둘째 샤샤는 미국에서 온 남편을 만난다고 레온에서 뒤도 돌아보지 않고 가버렸다고 하며 크

게 웃었다. 만났다 헤어지는 것이 인생이 아니겠냐는 말도 아끼지 않았다.

꽃분이네 가족과 사리아 시내 맛집이라고 이름난 Restaurante O Tapas에서 스페인 문어 요리인 뿔뽀(pulpo)와 시래깃국인 깔도 가예고를 메뉴로 하여 반주를 곁들여 저녁 식사를 했다. 꽃분이 아빠도 중국에서 자동차 부품 관련 사업을 20여 년간 하다가 작년에 정리하고 한국으로 돌아왔다고 했다. 아이들이 어렸을 때 해외에 나가 있었기 때문에 그들의 성장 과정을 잘 살피지 못했다는 것이 큰 후회로 남는다고 했다. 이번에는 아내의 버킷리스트를 존중해 순례길을 딸과 함께 왔다고 했는데, 다음에는 가을에도 한 번 더 오고 싶다고 했다. 멕시코에 일 년 살기를 하면서 스페인어를 배워 남미를 제대로 여행해 보는 것이 꽃분이 아빠의 버킷리스트라고 했다.

저녁을 먹고 숙소인 Albergue Puente Ribeira로 들어오는데 같은 곳에 묵게 되었는지 시빌에서 우리의 주문을 대신해 주던 아줌마들을 다시 만났다. 그들 중 스페인어를 유창하게 하는 아줌마가 하는 소리가, 빨래해 말리던 옷들이 몽땅 없어졌다고 했다. 아줌마 셋이 알베르게의 앞뒷문에서 지키고 앉아 출입하는 사람들을 대상으로 일일이 묻고 조사한다고 했다.

한편으로는 웃프지만 그녀들의 질문에 성실히 답했고 우리와 무관한 일임을 설명했다. 객지에서 황당한 일을 당한 그들에게도 순례길의 천사가 함께하기를 기원했다.

28일 차 (5월 6일)
: 사리아에서 포르토마린(Portomarin)까지 - 비의 신 노토스(Notos)

아침에 일어나니 창밖에서 빗소리가 들렸다. 배낭을 메고 나가다가 판초 우의를 꺼내 비에 대비하였다. 이번 순례길 트레킹을 하면서 잠시 지나가는 비를 만났을 뿐 비다운 비를 한 번도 만나지 않았다 좋아했었는데 오늘 드디어 비의 신(神) 노토스(Notos)를 제대로 만난 듯했다.

그동안 날씨앱에서 비가 내릴 확률이 40~50%가 되어도 잘 피해 다녔었는데, 오늘 아침의 강우 확률 80%는 피해 갈 수 없었다. 길을 걷는 모든 사람들이 형형색색의 판초 우의를 입고 가는 모습이 옛날 초등학교 시절 비오는 날에 등교하는 모습과도 같았다.

노토스는 비의 신인 동시에 따뜻한 남풍도 불어주는 신이니 순례길의 빗방울도 가져가리라 생각했다.

아름다운 만남의 여정 산티아고

마트 주방 가득히 한국과 관련한 자료들이 걸려있었다.

한국 먹을거리를 판다는 스페인 마트 Tienda Peter Pank가 포르토마린으로 가는 길에 있다는 말을 듣고 찾아갔다. 상점 한 쪽에 눈에 익은 상표의 라면, 햇반 및 김치 등이 놓여 있었고, 한국 과자들도 보였다. 컵라면과 햇반을 사 들고 나오려 하니 주인이 주방에서 끓여 먹고 가도 된다고 했다. 주방에 들어가니 정면에 태극기가 걸려 있었고, 다른 벽면에는 독도 관련 행사 포스터 등등 한국인들이 두고 간 것으로 보이는 물건들이 여러 장 걸려있었다. 한국인들을 맞이하기 위해 나름 신경을 쓴 마트 주인에게 고마운 마음을 가지고 컵라면에 햇반을 말아서 맛있게 먹고 나왔다.

용변을 본 후 뒤처리를 잘하라는 경고 포스터

　마트 주인처럼 따뜻한 마음으로 순례자를 맞이하는 모습을 보면 순례자들도 고마운 마음과 함께 어깨가 가벼워짐을 느낀다. 그런 점에서 카스트로헤리스 한인 알베르게 주인의 서비스는 두고두고 아쉬운 마음이 들었다.

　무거운 발걸음으로 마을을 찾는 순례자들을 위로하기 위한 마을 주민들의 따뜻함은 마트 주인처럼 친절한 마음 이외에도 그림이나 조형물로도 표현되어 있었다. 그러나 좀 익살스러운 그림이나 포스터도 볼 수 있는데, 생리현상의 뒤처리를 깨끗하게 하라는 것에 대한 경고를 표현한 것이 그 중 하나이다. 알베르게에는 많은 사람들이 묵으나, 대개는 인원수에 비해 열악한 화장실 사정으로 가끔 길이나 숲에서 해결하는 사람들도 있을 수밖에 없다. 이런 경우 이심전심 못 본 척하는 것이 대부분인데 마을 사람들 입장에서는 마음이 불편할 수밖에 없겠다는 생각도 들었다.

　　　　　　　　　　　아름다운 만남의 여정 산티아고

포르토마린은 미뉴강을 따라 형성된 아름다운 도시이다.

　　포르토마린은 340km의 미뉴강(Río Miño)이 도시를 둘러싼 작고 아름다운 마을이다. 강을 가로지르는 커다란 다리를 건너가면 가파른 계단이 나오고, 이 계단을 따라 올라가면 깨끗하고 잘 정돈된 작은 마을 포르토마린이 나온다. 1966년 벨레사르(Belesar) 저수지를 만들기 위해 옛 시가지는 미뉴강에 수몰되었고, 현재의 포르토마린은 고지대에 새로 건설된 도시이다. 마을 한 가운데 있는 성 니콜라스 성당도 수몰지역에 있었는데, 벽돌 하나까지 옮겨서 지금의 위치에 지었다고 한다. 중세기부터 순례자들이 다녔던 유서깊은 길과 다리도 물에 잠기었으니, 이들도 시절인연에 따라 세상과 만났다 헤어진 듯하였다. 앞으로 수천 년 동안은 미뉴강을 가로지르는 새로운 다리를 건너 순례자들이 산티아고로 향할 것이다.

성 니콜라스성당 정원에 있는 우산을 든 성자상.
이곳이 평소에도 비가 자주 내리는 곳이라는 생각을 했다.

오늘은 거리도 짧았고 비를 피해 빨리 걸어서인지 12시쯤 예약
한 알베르게에 도착하였다. 알베르게의 체크인 시간이 오후 2시부터
여서 1층 카페에서 맥주 한 잔 시켜놓고 기다리기로 했다.

아름다운 만남의 여정 산티아고

산티아고 대성당까지 100㎞가 남았다는 표지석

날씨는 맑아져서 햇볕이 강하게 내렸다. 우리는 비에 젖은 트레킹화를 벗어 햇볕 좋은 곳을 찾아 말렸다. 같이 기다리던 스페인 순례자들이 신문지를 구겨서 넣어두면 빨리 마를 수 있다고 조언했다. 비록 신문지가 없어 넣지는 못했지만, 그들의 따뜻한 마음에 신발이 빨리 마를 것만 같았다. 오늘은 프랑스 생장에서 출발하여 28일 만에(레온에서 하루 쉰 것을 감안하면 27일 만에) 약 700㎞를 넘게 걸어 이곳까지 왔다. 오늘 산티아고까지 100㎞가 남았다는 순례길 표지석을 통과하였다. 한 걸음 한 걸음이 모여 수백 ㎞의 거리가 되었고, 이제 남은 길이 얼마 남지 않았다고 생각하니 기분이 좋았다. 마음속 깊이도 700㎞만큼 깊어졌으면 좋겠다는 생각도 함께 했다.

29일 차(5월 7일)

: 포르토마린에서 팔라스 데 레이(Palas De Rey)까지

- IT 강대국 우리나라

　어제 내린 비로 트레킹화가 물에 흠뻑 젖어 아침에 마를까 걱정했는데 다행히 다 말라 있었다. 신발이 더러워 한번 빨았으면 했는데 노토스 신이 깨끗하게 세탁해줬네 하고 웃었다.

사리아를 지나니 순례자들의 숫자도 눈에 띄게 늘었다.

　　　　　　　　　　　　아름다운 만남의 여정 산티아고

사리아를 지나니 확실히 걷는 사람도, 자전거를 타고 가는 사람들도 많이 늘었다. 이에 비례해서 한국인들도 부쩍 눈에 많이 띈다. 서로 인사는 하고 지나가지만 그렇지 않은 경우도 많다. 나이가 들어 보이는 한국인 남녀가 같이 걸어가는 모습이 정답게 보여 부부인 줄 알았는데, 69세 여동생이 75세 오빠와 함께 왔다고 한다. 남매지간에 얼마나 사이가 좋게 잘 살았으면 나이가 들어 이렇게 쉽지 않은 길을 동행해서 오는지 심 회장과 내가 부러워했다. 더 늦기 전에 같이 왔다는 여동생의 말을 들으니 남매가 함께 걷는 뒷모습이 더 좋아 보였다.

포르토마린에서 한 시간 반 정도 지나서 만난 카페.
포르토마린의 여러 알베르게에서 지냈던 사람들이 아침 식사를 위해 모이는 곳이다.

　　한 달 가까이 다녀보니 숙박시설의 형태에 따라 저녁밥을 먹는 방법은 다소 차이가 있어도 아침 식사는 대체로 출발 후 첫 번째 만나는 마을에서 해결하는 경우가 많은 것 같다. 순례길의 구조를 보니 하루에 짧게는 20㎞ 정도에서 많게는 30㎞ 남짓 걷도록 관련 앱에서 설계하고 있고, 순례자들은 대부분 이를 참고하여 걷는다. 출발 후 첫 번째 마을은 대체로 5~10㎞를 걸으면 나오는데, 마을 입구에 있는 카페가 오전 7~8시 정도부터 영업을 시작하였다. 이곳에서는 마을에 있는 여러 알베르게에 흩어져 숙박하던 사람들이 다시 모이는 경우가 많아, 간단한 아침 식사를 하며 이야기꽃을 피운다.

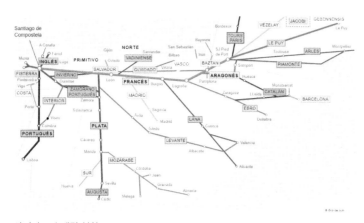

산티아고 순례길 현황(출처: gronze.com)
- 출발 지점은 달라도 모든 길은 산티아고 데 콤포스텔라로 향한다.

언제부터인가 우리나라 사람들이 '산티아고 순례길'에 대해 많은 관심을 가지게 되었고, 다녀온 사람들을 중심으로 포털에 카페를 만들어 정보를 교환하고 있다. 나도 이 길을 준비하면서 Naver 카페 '까미노 친구들 연합(일명 까친연 23)'의 도움을 많이 받았는데, 이 카페의 회원 수는 7만 명이 넘는다. 이 카페에는 계절별 준비물, 순례길의 상황에서부터 지역별로 실시간 알베르게 예약실태, 동행자 모집 등

아름다운 만남의 여정 산티아고

에 대한 정보를 나누고 있다. 또한 출발 시기별 모임을 주선하여 단
체 카톡방에 참여할 수 있게 도움을 주기도 한다.

네이버 카페 '까미노의 친구들 연합' (출처: 네이버 카페)

　　산티아고 순례길은 프랑스 길만 있는 것이 아니라 포르투갈 길,
영국 길, 프랑스에서 출발하는 Le puy 길 그리고 스페인 북부 해안
을 걷는 스페인 북부 길 등이 있다. 출발하는 곳은 달라도 종착지는
가리비 조개 껍데기의 제일 윗부분인 산티아고 데 콤포스텔라이다.
프랑스 길 이외의 여러 길들에 대한 정보도 여기서 얻을 수 있다. 또
한, 우리나라 각 지역별로 소위 리더들이 있어서 지역별 모임도 주선
하고 있다.

회원 수가 6만 명이 넘는 '은퇴 후 50년'이라는 카페는 IT의 발달로 정보에 쉽게 접근할 수 있는 능력을 갖춘 베이비 붐 세대들이 주로 회원으로 활동하고 있다. 이 카페에서는 실버 세대들의 취미생활 등에 대해서 정보 교환을 많이 하는데, 산티아고 순례길을 비롯한 여러 명소들에 대한 정보도 주요 대상이 되고 있다. 이 밖에도 출발 시기별로 정보 교환용 단톡방을 만들어 사소한 내용까지도 실시간 질의응답이 이루어지고 있으니, 이 쉽지 않은 순례길에 한국인들이 제일 많아진 이유가 된 것 같다.

순례길의 정보를 제공하는 앱

산티아고 순례길을 위한 앱은 세 가지 정도가 제일 많이 이용되고 있다. 'Camino Pilgrim', 'Camino Ninja' 및 'Buen Camino'가 그것이다. 이들 앱에서는 순례길 경로에 따라 알베르게 실태, 식당 카페 및 의료시설, 마트의 유무 등을 알려주고 있다. 앱은 아니지만 '그론세 닷컴(gronze.com)'에서는 경로별 난이도, 순례길의 높낮이, 경로별로 지나는 마을 사이의 거리, 알베르게 등을 소개하고 있다. 이들 앱과 인터넷 사이트들을 잘 조합해서 본인에게 제일 알맞은 정보를 선택하면 된다.

아름다운 만남의 여정 산티아고

스페인 북부지방의 산길과 들길이 이어져 800㎞가 되는 산티아고 순례길에 스마트폰 하나 들고, 이 모든 앱과 카페들을 섭렵한 채 맹활약 중인 남녀노소 한국인들을 보면 우리나라는 정말 IT 강대국이라는 생각이 저절로 든다.

팔라스 데 레이의 작은 성당인 Igrexa de San Tirso de Palas de Rei에 들르니 눈에 많이 익은 모습의 마리아상이 있다. 우리나라 길상사에 모셔진 부처님의 모습과 비슷해 여러 번 눈길이 갔다.

길상사 부처님과 닮은 모습의 성모마리아 상

　　팔라스 데 레이에 오는 길에 폰페라다에서 헤어졌던 심 교장선
생님께 연락을 해 저녁 식사를 같이하기로 했다. 마침 선생님의 숙
소가 우리 숙소와 멀지 않은 곳에 있어서 우리가 묵고 있는 숙소인
Pension Casa Curro의 식당으로 초대했다. 길지 않은 시간 동안 선
생님과 이야기 나누면서 인생의 순수함과 타인을 존중하는 마음, 그
리고 가족을 사랑하는 그의 진심에 존경하는 마음이 생겼다. 서울에
올라올 일이 있으면 연락해 창덕궁을 안내받기로 약속하고 또 한 명
의 순례길 천사와 헤어졌다.

　　　　　　　　　　　　　　　아름다운 만남의 여정 산티아고

30일 차 (5월 8일)

: 팔라스 데 레이에서 아르수아(Arzúa)까지

- 순례길의 '거리(distance)'에 대하여

오늘은 '어버이날'이라 딸들의 응원 문자 덕분에 일찍 일어났다. 지금은 멀리 떨어져 있어도 가족의 응원은 언제나 큰 힘이 된다.

청록의 푸른 들과 숲은 순례길의 상징이다.

아침 일찍 숙소에서 나와 마을을 벗어나는 곳에서 꽃분이네 가족을 만났다. 꽃분이네 가족은 트레킹 초반에 만났다가 한참 동안 못 만났었는데 언제부터인가 자주 만났다 헤어졌다 반복하며 같은 길을 걷고 있다. 꽃분이 아빠와 이런저런 이야기를 하다가 어젯밤 숙소에서 있었던 이야기를 들었다. 그들이 머물렀던 알베르게에 한국인 세 명이 같이 있었는데, 나이 드신 분이 라디오를 계속 켜놓은 채잠을 자고 있었다고 했다. 다른 사람이 불편하니 꺼달라고 부탁해도 잠시 껐다가 다시 켰고, 또 꺼달라고 부탁하자 갑자기 일어나더니 "나이가 많아 죄송합니다."라고 했단다. 아침에는 4시부터 일어나바스락거리며 짐을 싸는 바람에 잠도 설쳤다고 한다. 자세히 들어보니 69세 여동생과 함께 온 75세 오빠의 이야기였다. 드라마도 항상해피엔딩만 있는 것이 아닌 것처럼 순례길 스토리도 늘 좋은 것만 있는 것이 아닌가 보다.

갈리시아 지방에는 옥수수와 같은 곡물을 보관하기 위해 집 근처에 곡물창고인 오레오(horreo)를 설치해 놓은 집이 많았다.

어제는 그 오빠가 라디오를 켜서 음악을 들으며 걷고 있는 것을 보았는데, 나바라에서 헤어졌던 대만인들이 생각났었다.

순례길에서는 많은 사람을 만나고 헤어지는 일이 반복해서 일어난다. 처음 걷기 시작했을 때는 길에 대한 호기심과 함께 사람들에 대한 관심으로 서로 열심히 인사를 하고 대화도 했었는데, 이제 막바지에 이르니 몸도 마음도 지쳐서 그냥 걷기만 하는 사람들이 대부분이다. 그래도 눈이 마주치면 지친 목소리로 "부엔 까미노!"를 속삭이듯 말한다. 힘이 들어도 순례자들은 산티아고까지의 거리를 나타내는 숫자가 하나씩 줄어드는 재미에 더 큰 힘을 얻기도 한다.

갈리시아 지방에서는 산티아고까지 남은 거리를
소수점 아래 세 번째 자리까지 자세하게 표시하였다.

100km와 같이 의미가 있다고 생각되는 숫자를 표시하는 표지석 앞에서는 기념사진을 찍기도 한다. 거리를 나타내는 숫자의 표기는 스페인 지방정부마다 다른 듯한데, 이곳 갈리시아 지방의 표기는 너

무 자세하게 소수점 아래 셋째 자리까지 표시하고 있다. 그런데, 이 숫자가 때로는 늘어났다 줄었다 할 때도 있어 신뢰도를 떨어뜨릴 때도 있다. 사아군 부근을 걷던 중 423㎞가 남았다는 표지석이 보여서 이제 곧 절반 정도 왔겠구나 생각했었다. 그런데, 한참을 더 가니 425㎞가 남았다는 표지석이 나타났다. 그 이유를 생각해 보니, 순례길은 하나의 길만 있는 것이 아니라 동네를 둘러오거나 몇 개 마을을 더 넣어서 새로운 길을 만든 곳도 있었다.

팔라스 데 레이에는 남은 거리를 이름으로 쓴 펜션도 있었다.

이들 길이 만나는 지점에서 숫자가 늘어났다 줄어들었다 하는 것 같았다. 어떤 경우는 알베르게나 카페에서 자체적으로 거리를 만들어 간판 옆에 붙여놓기도 하였다. 까스틸텔가도에서 만났던 네덜

아름다운 만남의 여정 산티아고

란드인 반 네스는 얼마나 걸었는지 카운트하지도 말고, 얼마나 높은 곳을 올랐는지도 말하지 말라고 했었다. 그냥 걸었다는 것만이 의미가 있다는 뜻일 것이다. 그래도 오늘 아르수아로 가는 길에서 만났던 39.899km가 남았다는 표지석의 글자는 더 크게 보였다.

문어를 이용한 다양한 뿔뽀 요리가 있었다.

아르수아로 오는 길 가운데쯤 있는 멜리데(Melide)는 문어 요리인 뿔뽀가 유명한 곳인데, 팔라스 데 레이에서 15km 정도 떨어진 곳에 있는 작은 마을이다. 이곳에서 이른 점심을 먹기로 하고 인터넷에서 뿔뽀 요리를 잘 한다는 맛집 Pulpería Ezequiel를 찾아 여장을 풀었다. 이곳은 문어요리 전문점답게 뿔뽀 이외에도 다양한 문어요리가 있었는데, 종업원들이 끓는 물에 문어를 데치는 과정을 여러번 반복하여 보여주는 퍼포먼스를 하며 손님들의 입맛을 돋우었다.

아르수아의 장날 풍경

　　아르수아에 도착하니 마침 우리나라의 장날과 같은 날이었다. 노점들은 거의 철수를 했지만 먹거리 장터에는 사람들이 붐볐다. 사람이 사는 곳은 세상 어디에나 다 똑같다고 생각했다.

　　　　　　　　　　　　　　　　아름다운 만남의 여정 산티아고

31일 차(5월 9일)
: 아르수아에서 오 페드로우소(O Pedrouzo)까지 - 길 위의 꽃들

아침에 비 예보가 있어 길 위의 순례자들이 긴장한 듯 보였다. 일부는 배낭에 커버를 씌웠고, 또 일부는 아예 판초 우의를 입었다. 그러나, 비는 오지 않았고 밤새 내려서 나뭇잎에 묻어 있던 빗방울이 바람에 떨어지는 정도였다.

순례길 위의 사람들은 결승선을 앞둔 마라토너들처럼 막바지 발걸음을 한 걸음씩 무겁게 옮기고 있다. 어떤 사람은 절뚝이고, 어떤 사람은 무릎에 흰색 붕대를 칭칭 감고 걷고 있다. 다가가서 괜찮냐고 물으면 웃으며 괜찮다고 말했다.

어느 집 화단에는 산티아고에 도착한 사람들이 버린 트레킹화를 모아 장식해 놓았다. 저 신발을 신고 수백 km씩 치열하게 걸었던 사람들이 꽃으로 다시 피어난 것 같았다. 내가 이 길 위에서 흘렸던 하나의 땀방울이 먼 훗날 저 신발 속의 한 송이 꽃을 피우는 데 작은 거름이라도 되었으면 좋겠다는 생각을 해 보았다.

이제 내일이면 산티아고 데 콤포스텔라 대성당 앞에 서 있을 것이고, 그동안 만나고 헤어짐을 반복했던 사람들과는 작별하게 될 것이다. 오늘은 걷는 거리가 짧은 관계로 숙소인 Pension 23 - Vinte Tres에 일찍 들어와 쉬면서 생장에서부터 만났던 인연들을 한 사람씩 떠 올려보았다.

산티아고가 가까워져 버려진 트레킹화를 모아 꽃을 심었다.

한 송이 들꽃과 같이 아름다운 사람들을 산티아고 순례길에서 많이 만났다.

아름다운 만남의 여정 산티아고

은퇴하신 선생님들은 가끔 연락을 주고받는데, 우리보다 이틀 늦으니 지금쯤 팔라스 데 레이에서 쉬고 계실 듯하다. 방선생님은 산토 도밍고 데 라 깔사다에서 헤어지기 전, 순례길에서 지었다는 아름다운 시를 읽어 주셨다. 순례길을 마치면 이 길에서 얻은 시상을 바탕으로 시집을 내시겠다고 했다. 아름다운 시에 담긴 그 마음처럼 늘 건강하길 바란다. 대기업을 은퇴하신 분과 변호사가 된 딸이 보내주었다는 부부는 더 늦어져 소식이 끊어졌다고 한다. 부인들이 힘들어 했다는데 이들의 컨디션이 이 길을 이겨내기에는 힘이 들었나 보다. 생장으로 오던 길에 비아릿츠에서 만나 저녁식사를 같이 했던 신여사도 어디쯤 오고 있을 것이다. "부부가 살아있을 때 서로 사랑하라."는 말이 귀에 생생하다. 예쁜 손주들과 함께 한다는 그녀의 인생 후반도 행복하길 바랐다.

스페인인 앙커는 시리아에 오기 전까지는 거의 매일 만났다. 부인이 시리아로 와서 같이 걷는다고 했는데 트리아까스텔라의 알베르게에서 본 이후에는 보이지 않는다. 10일이나 11일쯤에 산티아고 데 콤포스텔라에 들어간다고 했는데, 만약 10일에 도착한다면 대성당 앞에서 부인과 함께 있는 그를 만나기를 기대해 본다. 아직 그에게 순례길을 걷는 이유에 대해 말을 하지 않았는데…

산마르틴 저녁 술자리에서 만났던 프랑스인 레엔데커는 페이스북 친구가 되었다. 그의 페이스북에 들어가 보니 그는 대단한 탐험가이며 여행작가였다. 그는 매일 아내 애블린을 모델로 순례길 사진을 찍기에 한창이다. 우연히 길에서 만난 이들 부부에게 "애블린이 페이스북 여왕이 되었다."고 놀렸더니 좋아했다. 우리와 비슷한 연배로 보였는데, 우리 모두 건강해서 다른 좋은 곳에서 극적으로 다시 만나볼 수 있으면 좋겠다고 생각했다. 같이 자리했던 사르데냐 출신 이탈리아인은 오늘도 길에서 만나는 등 거의 매일 만나고 있다. 그는 저녁이면 부인을 알베르게에 두고 혼자 나와서 항상 술을 마시고 있다. 10일에 산티아고 대성당 앞에서 레엔데커 부부와 함께 사진을 찍자고 약속했다. 이들이 프랑스와 이탈리아 남성들의 일반적인 특성을 다 보여주는 것은 아니겠지 생각하며 속으로 웃었다.

프로미스타에서 만났던 한국인 아줌마 셋 중에서 광주 출신 70대 왕언니를 사리아 입구에서 다시 만났는데 혼자였다. 70살이 넘은 나이에도 자기관리를 잘해서 많은 사람들이 부러워했다. 밝고 유쾌한 성품으로 우리들을 늘 즐겁게 했던 그녀도 순례길에서 만난 좋은 인연이었다. 시애틀에서 오신 어르신도 라바날 델 까미노에서 헤어진 후 뵙지 못했다. 신앙심이 깊은 분이라 초인적 의지로 철의 십자가에 경배를 했으리라 생각한다. 한 걸음씩 천천히 걷는 내면의 힘으로 며칠 늦게 산티아고 대성당에 도착할 것이다. 80살에 가까운 그가 까미노 위에 설 수 밖에 없었던 믿음 속 물음들에 대한 답을 대성당 앞에서 얻게 되길 기원했다. 빨래를 잃어버렸다던 아줌마들도 길에서 만났다. 그날 잃어버린 빨래를 찾았다고 했는데, 누군가가 잘 정리해서 어딘가에 놓아두었다고 했다. 순례길 천사가 이들에게도 다녀갔었나 보다.

심 교장 선생님과 그 동료 네 명은 늘 같이 걸었는데 이제 각자 걷다가 저녁에 숙소에서 만나는 방법으로 바꾸었다고 했다. 그중 한 분은 아마추어 사진작가인데 산티아고 대성당 앞에서 순례를 마치고 돌아오는 사람들의 감격해하는 모습을 촬영하고 싶다고 한다. 그들도 우리와 같은 날 이 길을 마친다고 했다.

브라질에서 온 천사들은 우리보다 하루 먼저 오늘 산티아고에 들어갔을 것이고, 아마도 인증샷을 곧 보내올 것 같다. 생장에서 만나 팜플로나까지 만났다 헤어졌다 같이 걸었던 미국인 데니스는 대도시마다 이틀씩 연박하며 레온까지 간다고 했는데 지금쯤 맨해튼으로 돌아갔을 것이다. 코로나19 팬데믹으로 힘들어했던 그도 순례길에서 얻은 에너지를 바탕으로 다시 힘을 내길 바랐다. 팜플로나에서 만났던 스페인 아줌마 야나는 부르고스에서 바르셀로나 집으로 돌아간다고 했고, 딸이 유산해서 슬퍼하던 영국인 앤더슨도 자기 나라로 돌아갔을 것이다. 산티아고에서 생장으로 거꾸로 걸어간다는 네덜란드인 반 네스도 이제는 다섯 번째 완주를 마쳤을 것이다. 그냥 걷기만 해도 좋았을 순례길에 뜻깊은 의미를 심어준 야나와 반 네스와의 만남도 아름다운 시절인연이었다. 일본인 나히루는 사아군 호텔 앞에서 헤어진 후 레온 대성당 앞에서 보이더니 그 후론 보이질 않았다. 본인 뜻대로 훌륭한 회사를 골라서 재취업할 것과 이제는 올바른 눈으로 2023년 한국을 바라보게 되기를 기원해본다.

대구에서 온 모녀와 꽃분이네 가족은 앞서거니 뒤서거니 같이 걷고 있는데, 내일 산티아고 한국 식당에서 뒤풀이를 함께하기로 약속했다. 대전에서 온 아가씨 스텔라는 레온에서 헤어졌다. 세상의 업보를 혼자 짊어진 듯 아파했었는데, 이 길을 걸음으로써 그녀가 짊어진 무거운 짐이 가벼워졌으면 좋겠다.

밤새 내린 비로 길가의 이름 모를 꽃들이 아름다움을 한껏 뽐내고 있다. 이 길에서 만났던 이름 모를 모든 사람들도 길을 걷는 동안에는 길가에 핀 이 꽃들처럼 아름다웠다.

캐럴라인, 스티븐슨과 히타는 우리보다 하루 먼저
산티아고 대성당에 도착했다고 인증샷을 보내 왔다.

　　　　　　　　아름다운 만남의 여정 산티아고

32일 차(5월 10일)

: 오 페드로우소에서 산티아고 데 콤포스텔라(Santiago de Compostela)까지 - 여정의 끝 그리고 천사들

 길을 걷는 동안에 산티아고 데 콤포스텔라 대성당 앞에 서면 어떤 기분일까? 하는 생각을 늘 했었다. 드디어 오늘이 산티아고 순례길을 걷는 마지막 날이다. 프랑스 길을 비롯한 여러 순례길 코스에서 오는 사람들이 많아 대성당에서 발급하는 순례길 완주 증명서를 받기 위한 대기시간을 감안하여 새벽 6시쯤 출발하였다.

대성당 한쪽에는 완주한 순례자들이 그들이 출발지에서부터 가지고 왔던 가리비 조개껍데기를 성모마리아 앞에 두고 무사 완주를 감사하는 기도를 올렸다.

미리 준비한 햇반으로 간단히 아침 식사를 하고 숙소 문을 나서는 발걸음이 사뭇 가벼웠다. 일찍 도착하고픈 마음이 앞서 거의 쉬지 않고 20㎞ 남짓을 단숨에 걸어서 11시 20분쯤 대성당 광장에 도착하였다. 대성당 광장에서의 기쁨은 잠시 뒤로 하고 완주 증명서를 발급하는 사무실에 먼저 방문하였다. 대기 번호 400번 정도를 받으면 다행이라고 누군가에게 들었는데, 우리는 131번과 132번을 각각 받았다. 잠시 기다리니 우리 차례가 되었다. 담당자에게 그동안 생장 사무실에서부터 지금까지 걸으면서 받았던 71개의 세요를 보여주니, 마지막 72번째 세요를 찍어주며 완주 증명서와 공식거리인 779㎞를 걸었다는 인증서를 발급해 주었다.

광장의 사람들은 각자의 방식대로 완주의 즐거움을 누렸다.

아름다운 만남의 여정 산디아고

대성당 광장에서 완주의 기쁨을 만끽하며

차분히 감정을 가라앉히고 대성당 광장에 가니 도착한 많은 사람들이 본인만의 방법으로 기쁨을 누리고 있었다. 짊어졌던 배낭을 베개삼아 누워있는 사람들, 누군가에게 영상통화를 하며 기쁨을 전하는 사람들, 다소곳이 앉아 기도하는 사람들, 부둥켜안고 우는 사람들 그리고 누군가를 기다리는 사람들…. 이들 모두가 너무 행복해 보였다.

이제야 우리도 그동안의 고생을 날려버리고 싶은 마음으로 사진을 찍으며 즐거워했다. 많은 사람들 가운데서도 천주교 신자들은 대성당에서 하는 미사에 참석하려고 바쁜 걸음을 움직였다.

나는 앙커, 레옌데커 및 이탈리아인이 보이는지 사방을 둘러보았으나 그들을 만나지 못했다. 이것 역시 시절인연인가 생각하니 많이 아쉬웠다. 심 교장 선생님을 만났는데 그들은 내일 피스테라(Finistere)와 무시아(Muxia)까지 약 100㎞를 더 걷겠다고 한다. 적지 않은 나이에도 새로운 곳에 대한 호기심을 행동으로 옮기는 그들의 용기에 마음속으로 박수를 보냈다.

인증샷과 같은 사진을 찍고 있는데, 브라질 사람 히타가 광장 왼쪽 가장자리에서 달려와서 축하해 주었다. 어떻게 된 것이냐고 물었더니, '오늘 광장에서 만나 저녁을 같이 먹자는 약속'을 지키려는 마음으로 브라질 사람들이 기다리고 있다고 했다.
우리는 농담 반 진담 반으로 10일에 대성당 광장에서 만나 저녁에 소주를 먹자고 약속했었는데, 이들은 어제 도착해서 오늘 아침 일찍부터 우리를 기다리고 있었던 것이었다. 저녁은 한국인들과 약속을 이미 했으므로 이들과는 산티아고의 유일한 한국 식당인 누마루에서 소주를 곁들인 점심을 먹었다. 이들도 내일은 각각 독일, 마드리드, 세비야로 떠난다고 했다. 점심은 심 회장이 초대 형식으로 대접하였는데, 무척 고마워하면서 다시 한번 브라질로 여행 올 것을 청하였다.

저녁 식사는 한국인들끼리 역시 누마루에서 가졌다. 두 가족을 포함해서 9명이 모여 그동안 어려운 길을 걸으며 가졌던 마음가짐과 끝남으로써 느끼는 감정에 대해 이야기했다. 어떤 사람은 감격에 겨워 눈물을 흘리기도 하였다.

밤늦게 호텔로 돌아오는 길에 다시 대성당 광장에 들렀다. 밤이 늦어 11시가 되었는데도 대성당 광장에는 늦게 도착한 사람들과 낮에 도착하였으나 오랫동안 기쁨을 누리려는 이들로 분주하였다. 비록 종착점인 대성당 앞에서는 만나지 못했으나 순례길에서 만났던 수많은 사람도 이 광장에서 기쁨과 환희의 눈물을 흘렸으리라 생각하니 문득 그들의 얼굴이 하나씩 떠올랐다.

그동안 생각하고 준비해왔던 산티아고 순례길 트레킹이 이제 끝이 났다. 나는 비록 천주교 신자는 아니지만 종교적 신념으로 이렇게 길고 어려운 길을 한 걸음 한 걸음 걸었던 옛날 사람들을 생각했다. 지금처럼 인프라가 발달해 있지도 않았던 그 시절에 그들이 이 길을 걸었을 때는 분명히 그 이유가 있었을 것이다. 그러나, 내가 그들이 아니기 때문에 이 길을 걸었을 그들의 절박했던 마음까지는 생각하지 않기로 했다. "순례길의 첫 300㎞는 육체의 힘으로 걷고, 다음 300㎞는 정신의 힘으로 걷지만, 마지막 200㎞는 영혼의 힘으로 걷는다."라고 누군가 말했다. 옛날에도 그랬을 것이다.

한 사람의 인생은 하나의 커다란 도서관이라고 생각해 보았다. 가벼운 마음으로 이 길에 나섰으나 수많은 사람을 만났고, 그들 속 도서관에 진열된 책들의 일부나마 대화를 통해 읽음으로써 내 마음도 살지게 되었다. 길고도 험했던 길을 육체로 정신으로 또 영혼의 힘으로 걸으며, 내 마음에 생겼던 잡스러운 생각들도 정리가 되어 내 마음속 도서관의 새 책으로 자리를 잡았으면 하고 기원했다.

이 길을 걸으며 어려움을 만났을 때, 길을 잃었을 때, 그리고 잘못된 생각을 가졌을 때, 이것을 일깨워준 사람들을 만난 것은 행운이었다. 생각해 보면 내 눈앞에 나타났던 그들도 천사였지만 물심양면 나에게 큰 힘을 주었고, 서로 도와가며 이 길을 함께 걷고 있는 내 친구 심규훈도 가까운 곳에 있었던 천사이다.

어두운 산티아고 대성당 앞을 지나며 이런 생각을 하니 코끝이 찡해지며 그리운 사람들이 생각났다. 내가 깨닫지 못했을 뿐 천사들은 순례길에 숨어 내가 어려울 때만 보였던 것이 아니라 우리 가족, 나의 친구 동료라는 각각 다른 이름으로 나의 제일 가까운 곳에 항상 함께 살아가고 있었다.

제3장

아름다운 만남의 여정

　생장 피에드 포트에서 산티아고 데 콤포스텔라에 이르는 약 800 ㎞의 '프랑스 길(Camino Frances)'에는 오늘도 많은 순례자들이 걷고 있을 것이다. 생장에서 나폴레옹의 길을 시작할 때만 해도 이렇게 많은 사람들과, 또 그 사람들의 이야기와 함께할 것으로는 생각하지 못했다. 내가 이야기 속의 주인공이 될 때도 있었고, 주인공의 이야기를 들을 때도 있었다. 누가 주인공이든 순례길은 좋은 이야기가 가득한 아름다운 길이었다.

　프랑스인 여행작가 레엔데커는 예루살렘에서 팔레스타인의 가자지구, 튀르키에 등 여러 나라를 거쳐 산티아고 데 콤포스텔라에 이르는 5,000㎞의 순례길을 걸었다. 그에게 순례길의 의미가 뭐라고 생각하는지 물었다. 그는 한마디로 "enjoy!"라고 했다. 만약 그에게 "너는 왜 산티아고 순례길을 걷는가?"라고 물었다면 분명히 "즐거운 마음으로 행복을 찾아 걸었다."고 대답했을 것이다.

그는 어느 날 순례길 위에서 본 모습을 그의 페이스북에 이렇게 썼다.

> Une étape plus calme que hier, tantôt des groupes d'espagnols plutôt bruyants, tantôt des Coréens toujours rapides, puis plus personnes. (어제보다는 조용한 길, 때로는 다소 시끄러운 스페인 사람들, 때로는 항상 빠른 한국인, 그리고 더 많은 사람들)

조용한 순례길을 걷는 많은 사람 중에서 우리는 왜 이렇게 빨리 걷는 것처럼 보였을까? 빨리 걸었을 때 즐거움과 행복은 더 가까이에 있는 것일까?

야나, 앙커 그리고 반 네스도 어딘가를 목표로 빠르게 달려가는 것에 대해 이야기했었다. 야나는 올바른 방향으로 천천히 가라고 했고, 앙커는 앞만 보지 말고 하늘도 보고, 옆도 보고 그리고 지나는 동네의 이야기도 생각하며 걸으라고 했다, 반 네스는 얼마나 빨리, 얼마나 높은 곳에서 왔는지 말을 할 필요가 없다고 했다. 이들의 이야기는 모두 천천히 즐기며 걸으라는 말이었을 것이다. 우리가 걷고 있는 인생길도 이것과 다르지 않다고 생각해 보았다.

순례길에서 만났던 이름 모를 많은 사람들도 스스로가 즐거움

아름다운 만남의 여정 산티아고

과 감동의 주인공이었다. 그들은 누군가가 어려움을 겪을 때마다 어김없이 자비로운 모습으로 나타나 도와주었다. 우리의 생각이 틀렸을 때 그들은 진지하게 충고를 했고, 우리가 즐거워할 때면 같이 웃고 기뻐했다. 캐럴라인과 함께 내 발바닥을 치료해줬던 브라질 사람 스티븐슨은 다음과 같은 메일을 보내왔다.

> It was my great pleasure to meet you on the Camino. (중략) This walk was a great experience for me and the most important part was meeting people like you. I wish you and your family all the very best. I carry in my heart our meeting along the camino.

까미노에서 만난 인연을 가슴에 새기겠다는 스티븐슨의 말처럼, 결국 우리 모두는 함께 순례길의 아름다운 만남이었다.

영화 〈어바웃 타임(About Time)〉에서 주인공 팀(Tim)의 아버지는 은퇴한 대학교수이다. 그는 엄격한 가장으로 가족의 중심에 있었다. 그의 가문은 시간을 잠시 되돌릴 수 있는 능력을 가지고 있었다. 팀의 아버지는 폐암에 걸려 임종에 이르자 가족들과의 관계에서 후회를 남기지 않기 위해 과거로 잠시 돌아갔다. 아이들이 어렸을 때 "사랑한다"고 말하지 못했던 것이 평생 마음에 걸렸기 때문에 6살인 팀을 만나 그를 꼭 껴 안고 "사랑한다!"고 말했다. 자식에게 사랑한다고 말하는 그의 얼굴이 평생에 가장 행복한 모습이었다.

이어령 교수도 작가 김지수씨와 인터뷰하는 형식의 에세이집 『이어령의 마지막 수업』에서 "가장 슬픈 것은 그때 그 말을 못한 것"이라고 말했다.

　　파울로 코엘료(Paulo Coelho)의 소설『연금술사』는 보물을 찾아 길을 떠난 주인공 산티아고의 이야기이다. 산티아고는 갖은 고난을 이기고 이집트의 피라미드 근처에서 보물을 발견하나 무장한 병사들에게 가지고 있던 보물마저 빼앗겼다. 실망하여 고향으로 돌아와 보니 보물은 아주 가까운 곳에 있었다. 결국 산티아고는 보물을 찾게 되었다. 그가 찾던 보물은 멀지 않은 곳에 있었다.

　　　"너는 왜 산티아고 순례길을 걷는가?"

　　만약 산티아고 데 콤포스텔라 대성당 앞에서 앙커를 다시 만나, 그가 나에게 묻는다면

　　나는 보물을 찾아 떠나지는 않았지만
　　고마움을 알게 되었어요.
　　순례길의 아름다운 인연들 덕분입니다.
　　이제서야 제일 소중한 것이 무엇인지 알게 되었어요.
　　산티아고가 찾던 보물처럼

　　나도 인생이라는 순례길의 천사가 되겠습니다.
　　고마워요…: